Ginaldo Gonçalves Farias

Silêncio e Linguagem
Intuição, espanto e poesia

Ginaldo Gonçalves Farias

SILÊNCIO E LINGUAGEM: INTUIÇÃO, ESPANTO E POESIA

Moura SA
Curitiba – Brasil
2017

Copyright © da Moura SA Ltda.
Editor-chefe: Railson Moura
Diagramação e Capa: MouraSA
Revisão: O Autor

CIP-BRASIL. CATALOGAÇÃO-NA-FONTE
SINDICATO NACIONAL DOS EDITORES DE LIVROS, RJ

F219

Farias, Ginaldo Gonçalves

Silêncio e linguagem: intuição, espanto e poesia. / Ginaldo Gonçalves Farias. – Curitiba: Moura SA, 2017.

208 p.

Bibliografia
ISBN: 978-85-444-1530-6
DOI: 10.24824/978854441530.6

1. Literatura brasileira – poesia 2. Linguagem 3. Filosofia I. Título III. Série.

CDD B869.91

2017
Foi feito o depósito legal conf. Lei 10.994 de 14/12/2004
Proibida a reprodução parcial ou total desta obra sem autorização da MouraSA
Todos os direitos desta edição reservados pela:
Moura SA
Tel.: (41) 3039-6418

Dedico a Rita Célia

APRESENTAÇÃO

O autor é um professor de filosofia doutorando no programa interdisciplinar DMMDC – UFBA e outras universidades parceiras. A pesquisa de doutoramento investiga a intuição na construção e difusão do conhecimento. Como a intuição exige um mergulho em si, uma viravolta em hábitos e ideias e apesar da clareza de conhecimento de uma intuição exprimi-la é muito difícil, pois ela atinge o movente e a linguagem é fixa. A intuição vivencia o si fazendo e a linguagem é o mundo do já feito. Então a poesia apareceu como recurso de expressão que também é em si vivencia radical.

Este trabalho é o resultado de uma prática intuitiva que é viver. Totalmente interdisciplinar, ou melhor, transdisciplinar, a vida somente acontece inteira, de um só golpe, a conta gotas, apenas a morte, apenas o inerte se dá a análise. Que me digam os médicos. Assim em formato poemas encontraremos alguma filosofia. O tema linguagem aparece sempre rodeado de silêncios, como a vida apesar de vibrante carrega uma dor em suas entranhas. Um texto barroco com sombra e luz em romance ou em luta, quem sabe uma tragédia?

Este livro tenta ser assistemático no limite que a forma livro possa permitir, em seu empirismo radical, muitos poemas e aforismos não possuem título, nem numeração abrindo assim ao leitor um leque maior de hipóteses interpretativas e experiências de sensações. Nos livros os sumários procuram funcionar como marcadores espaço-temporais e aqui procuramos ser um único fluxo de duração, um continuo heterogêneo no rio do tempo que escorre diferentemente, mas continua o mesmo rio, então não há sumario. Mas a multiplicidade experiencial é buscada com afinco que em muitos micro textos possuem titulo e numeração, dando uma ideia de que o tempo espacializado acontece dentro do fluxo geral do tempo puro.

Silêncio e linguagem. Intuição, espanto e poesia emerge de um empirismo radical que apresenta intensidades e matizes de um único ser que se estica e se afrouxa em tensões e distensões, audácias que chegam a ser temerárias; prudências que beiram ao medo, provocando um atrito que por vezes poderá acordar uma centelha ou adormecer uma lágrima.

PREFÁCIO

O livro escrito por Ginaldo é uma eclosão de lampejos e intuições do seu florescimento como ser lançado no mundo da vida com tantos outros e seus atravessamentos afetivos primais tornados pensamentos expressos poeticamente e com a marca de uma ironia cortante e ridente já despojada do peso inútil dos ressentimentos. Ginaldo decolou de seu chão inerte e com os versos e reversos do seu escrever surpreende pela conexão com sua própria pele.

Tecido de poemas, crônicas do cotidiano e expressões filosóficas, em suas idas e vindas do céu ao inferno e vice-versa, Ginaldo revela sua intensidade existencial singular, única. Paralisa em palavras suas dobras, suas vísceras, sua potência marginal eclodindo, suas alegrias, tristezas, afagos, dúvidas, certezas, *ridências*, *brincâncias*, levezas e orgasmos: a tragédia humana em muitos matizes, caminhos para o nada e a boa disposição para arder como sol ao meio dia.

Surpresas, pérolas incorporais, pausas, questões e suspiros povoam as letras deste livro fora do controle fabril da produção intelectual acadêmica *qualisficada*. Este é o seu maior triunfo: o de ser Ginaldo não se esconde atrás das máscaras da erudição e nem acredita em deuses do Olimpo humano: seu deus é o coração vivente, humano, mortal, finito. Suas palavras ressoam do silêncio e se tornam peça de um móbile que se movimenta com a invisibilidade das correntes de ar.

Este livro é formado nos momentos de agonia e de espanto de Ginaldo diante do nada sem contornos e aparências. Não há concessões em suas palavras. Mas há *ridência* e leveza, mesmo na mais crua realidade desvelada se encontra a faca afinada da ironia que pela boca espuma sarcasmo e não-compaixão pela opulência e vaidade dos senhores de terras eidéticas puras, dos poderosos do saber, os enganadores das massas inertes e servis por profissão.

O descompromisso com as normas vigentes, sua liberdade absoluta de expressão, suas escolhas, erros e acertos são alguns traços que marcam este livro e seu autor, um anônimo pensador e poeta contemporâneo, cujo interesse atende ao ímpeto da vida feliz sem máscaras, sem fugas, com fugas, com máscaras que desmascaram máscaras, ao modo de Schopenhauer, Nietzsche e Bergson. Ginaldo é um filósofo ao modo dos cínicos e céticos gregos: a suspeita é a sua Navalha de *Occam*, sua arma conceitual básica. Ao mesmo tempo Ginaldo é um ser humano de fé. Uma fé em seu próprio *equivocionismo* filosófico, em sua convicção de que o *nadismo* pode ser a ilha povoada do poeta que antecipa, pela intuição direta, o fim de tudo aquilo que está sendo e deixando de ser. A morte espreita cada palavra forjada pelas mãos do artesão de palavras explosivas, contundentes da risividade a que todo sentido se reduz. Tudo vai se tornando apenas dádiva. É fluxo o que se vê e o que atravessa a alma do leitor que se desconcerta nas explosões das palavras lidas. Mosaicos entrelaçados e adornados de molduras despojadas, mas que marcam o limite do que se mira na intencionalidade emaranhada de Ginaldo em sua poética da concretude vivente.

São tantas as imagens que povoam a ecologia da obra, tantos conceitos e receitas, sugestões e conselhos, que tudo parece compor o redemoinho das paixões incontornáveis do corpo próprio. Um corpo consciente/inconsciente de si, dos outros, dos mundos dos tantos outros mundos dos tantos outros espalhados pelo espaço-tempo do que afeta a alma e ascende o fogo para cozer as iguarias que são servidas no banquete dos mortais. Pois os que estão destinados a morrer, como tudo o que participa da matéria energia dos multiversos paralelos, não estão necessariamente destinados a sofrer a danação eterna que aprisiona seus corpos em cubículos anuladores de potência. Os mortais podem festejar e dançar e cantar. Os mortais podem também beber do néctar que embriaga os deuses em seus festins intermináveis. Os mortais, afinal, são forjados à imagem e semelhança dos divinos, os tantos sóis que povoam o espaço-tempo curvo e dobrado em seu pulsar frenético.

Ginaldo é uma Gina com sua mântica cigana sábia que se uniu a Aldo com suas asas douradas de gavião dos vales, predador dos discursos vazios, das inverdades contra a carne fraca, da falácia filosófica dos consoladores e adoradores de ídolos. E para que acreditar em ídolos quando a imagem quântica de tudo atravessa alma tonta pela vertigem do nada?

Ginaldo é o filósofo dos anônimos pensadores que não necessitam do aval dos senhores da verdade estabelecida para seguir adiante na experimentação da condição humana. Sua voz pode ecoar nas almas dos que desejam pensar por conta própria, mas esbarram nos muros sólidos dos preconceitos e dos formalismos de controle, que sempre deixam passar o que mais importa: a luz própria dos que ardem e se consomem festejando a vida.

Carregando o predador dentro de si, Ginaldo afirma que sua consciência é sua doença, motivo de toda dor e de todo medo, de toda ilusão e de todo espanto: ser consciente de si como o maior perigo do filósofo e o poeta – suportar-se no devir trágico. E é naquela hora que *caminha a passos largos, galopando como garanhão, que se esguia como leopardo, dançando frevo no salão* que tudo se fará de novo silêncio incontornável. Naquela hora em que os nossos afetos e aqueles que nos atravessam derramarão lágrimas de despedidas e guardarão e guardarão apenas lembranças no coração saudoso, *porque a hora é vazia* — só os que ficam podem ainda chorar e se alegrar com os atos dos que se recolheram no silêncio absurdamente absoluto.

Tudo porque *a principal qualidade do poeta é não temer o ridículo e a confusão, ele ama quanto mais entende que o amor é vão*. Ele é poeta, ele é treloso, ele é menino, ele quer mamar o leite da terra e acariciar seus seios como amante embriagado.

E se é verdade que a máxima da vida acadêmica é "publico *ergo sum*", Ginaldo agora é mais um que emergiu do anonimato por ser autor de textos, autor de um livro tão enviesado como este, tão surpreendente e fora de controle, tão saboroso para quem sabe degustar longamente o que foi preparado como banquete para ser compartilhado pelos amantes da embriaguês sofrosínica do encantamento amoroso: alegria de viver sem deixar de arder na fogueira de toda vaidade e de todo sonho vão de algo eterno. Um espanto para os que apreciam as palavras vivas e os vinhos curados pela raridade dos sentimentos degustados nas circunvoluções do viver incorporado. Afinal, o corpo não é a sede da alma como sua clausura, mas a alma mesma feita carne vivente e morrente. E a alma que é corpo só sabe de si se for desfeita e desconstruída em sua ilusão de ser além de um corpo vivente e transformante ao infinito. Hoje somos o que estamos sendo, amanhã continuaremos sendo o que estamos sendo em ardência e consumação.

E porque tudo passa as palavras de Ginaldo, contrariando a lei, não passarão, apenas serão também esquecidas: a lei áurea dos sonhos e devaneios humanos. Por isso é imperativo Leiam enquanto há luz e arde com incandescência e regozijo: dádiva e nada mais!

Dante Augusto Galeffi
Salvador, 23/03/2017

A BELEZA DA CULPA
E O SUBLIME DO PERDÃO

Pouca coisa é tão bela como uma alma contorcida pelo remorso, tensionada pela culpa, pesada de pecado. Esse fenômeno possibilitado pelo cristianismo tornou o ser humano mais belo, nessa trágica existência de nascer para morrer.

As tecnologias do ressentimento criadas na modernidade e contemporaneidade, entre elas o marxismo e psicanálise são menos completas como ferramenta cultural para produzir uma visão de si mesmo. Essas tecnologias alocam toda a responsabilidade do mal fora de você: o mal está na classe social, no capital, no estado, na elite, no pai, na mãe, etc. Isso infantiliza o ser humano, deixa sua alma leve como pluma ao vento, sem culpa e sem responsabilidade. O cristianismo, que é uma religião hegemônica no Ocidente, fala do pecador, de sua busca e de seu conflito interior. É uma espiritualidade riquíssima, pouco conhecida por causa do estrago feito pelo secularismo extremado. Ao lado de sua vocação repressora institucional, o cristianismo reconhece que o homem é fraco, é frágil. As redenções políticas não têm isso. Essas tecnologias construíram uma visão do homem sem responsabilidade moral. O mal está sempre na classe social, na relação econômica, na opressão do poder e no inconsciente.

A culpa torna o cristão belo e preparado para a experiência mais fascinante da criação, muito mais espantosa que as estrelas do céu e que a lei moral, o perdão é manifestação da graça. O perdão não retira o pecado, nem a culpa, apenas suspende o castigo. Isso tenciona a alma do cristão, guarda-o sempre em alerta, sabe-se sempre culpado. Para além da justiça o perdão é sublime, contato direto com o mistério parcialmente compreendido, o perdão conserva seu lado de incerteza, pois como não se fundamenta no merecimento, mas na graça, seu estatuto é absolutamente divino.

A BORBOLETA ENCANTADA

A muitas e muitas heras, conta a lenda, que havia uma borboleta encantada, linda e que todas as flores queriam que ela as visitasse para servi-lhe o doce néctar, mas essa linda borboleta tinha um encanto que de vez em quando voltava sobre si mesma e virava lagarta de novo, devorava todo o jardim deixando-o sem flores nem folhas. Quando voltava a ser borboleta de supetão, encontrava a destruição, o deserto que ela mesma fizera. Como não se lembrava do ocorrido, ela ficava a perguntar, o que houve? Estava tudo tão lindo. Por que mudou assim sem explicação? Que injustiça! Que absurdo!

E o pior de tudo é que os desertos crescem.

Então Deus por pura misericórdia criou a lei da extinção, evoluir sim, regredir não, é preferível a morte, a extinção. Então por isso as espécies se extinguem, e a evolução se dá sob o peso da morte. Valei-me São Darwin! Palavras da Salvação! Ou seriam da danação?

A concha escuta o mundo,
Quieta codifica em som marinho os segredos.

Em seu ventre sinuoso ela gira o som em ondas
Suas curvas torna seu corpo rígido,
Suave, plástico, anil, como se fosse maleável.
Fazendo do finito infinito
Fazendo de sua rasa entranha
Um oceano abissal.

A concha é uma artista,
Que concentra toda atenção,

A artista captura a concha,
No que ela tem de mais vivo.

Quem é concha?
Quem é artista?

A foto da concha é auto retrato?

Remoendo suas dúvidas,
O poeta apenas agradece,
A sorte de ter olhos.

A DOENÇA

Com muito esforço dominamos o fogo,
As necessidades eram urgentes,
Fomos verdadeiros heróis,
Fazíamos parte da cadeia alimentar, de uma centena de animais.
Sem cascos, nem peçonha,
Éramos presas fáceis.

Com o tempo fomos desenvolvendo a consciência,
Conquistamos uma lógica e uma ciência poderosas,
Hoje muito poucos de nós sabem o que é ser devorado vivo por felinos.

Porém o medo e a dor continuam nos assombrando nas madrugadas.
Será culpa do governo?
Será culpa dos vírus?
Será culpa do capitalismo?
Será culpa do meu pai?
Será culpa de minha mãe?
Será culpa de meu vizinho?
Será culpa da polícia?
Será culpa de Deus?

Para o filósofo Humberto Eco fazer ciência é procurar o culpado.

Parece que a culpa não é de ninguém,
Essa dor e esse medo sempre estiveram aí.

Carrego o predador dentro de mim,

Aquilo que desenvolvi para sobreviver e chamo consciência
É minha doença.

Consciência tem cura?
Saber que caminho para a ruína pode ser esquecido?

Posso arranjar uns analgésicos,
Posso iludir que não há morte,
Posso acreditar em felicidade,
Posso arranjar uma muleta,

Mas o motivo de nossa dor e medo é nossa consciência.

Por isso,
Eu sou meu maior perigo.

A HORA

Não como medida de tempo
A hora
Como linguagem coloquial
Como anunciação
Como ameaça

A hora!

Sabe, aquela hora
Que não se atrasa

Aquela hora que não se foge

A hora de não ser mais ai.

Ela se anuncia no espelho

A velhice é a lentidão que se instala
E fala baixinho no seu ouvido

Olhe eu aqui!

E cada vez mais é menos você
E sou mais eu.

Até a hora

A hora

Quanto mais consciência tenho dessa realidade
Mais perto estou da hora

Ela caminha a passos largos
Ela galopa como garanhão
Ela se esguia como leopardo
Ela dança frevo no salão

Por isso inventamos deuses
Por isso acreditamos na ciência
Por isso fazemos politica
E poesia

Por isso trememos de medo
Por isso acordamos suados e choramos
Porque a hora
A hora é vazia

Fria
Vem carregada de nada

E esse nada que tememos

A hora
O nada
Vazia

Não adianta crer
Ou não crer

A hora
Do ser não ser

Enquanto isso, nos enfeitamos de vaidades
Afinal a vaidade é a mentira que contamos para nos mesmos
Para suportar o nada que espera nada
Vazio que espera vazio
E toda uma vida de fuga do inevitável.

A JUVENTUDE É UMA DROGA

Acontece na juventude e jamais ficamos curados, doença incurável. Ou fazemos filho com a primeira namorada e ficamos pai pro resto da vida, ou fumamos tanta maconha que ficamos coroas buscando um barato, ou sofremos um acidente de carro, geralmente o primeiro carro e guardamos um aleijão ou profundas cicatrizes, ou entramos numa religião e como parece ser algo muito importante ali ficamos adultos e nunca mais esquecemos, ou viramos comunistas, essa é de mais, sempre guardamos um ranço, um jeito eternamente juvenil de pensar e falar. Pois é, a juventude é uma droga.

A LIBERDADE, SEM DESCULPA, SEM HERANÇA, BOA OU RUIM. SOU O PRODUTO DE MIM MESMO

Nenhum diamante pode ser mais duro que a ideia de sermos liberdade, o Sartre produziu uma ética de guerra. Liberdade além de dura é pesada, tem o peso da total responsabilidade. Se sou liberdade, sou só. Absolutamente responsável por mim e pelos outros, pois como não há Deus e nem uma norma a priori, nada e angustia é o meu ambiente. Surgi gratuitamente e gratuitamente desaparecerei. E ainda sou responsável pelo que faço com isso, com essa situação, com essa existência sem essência previa, e ainda carrego uma nada em mim, uma consciência que é um não ser, um ser-para-si que é liberdade. Não, não carrego essa consciência, eu sou consciência, e por isso toda vez que digo não ser responsável, estou em má fé. Toda vez que digo não sabia, não vi, é a pura má fé, pois nada escapa a consciência, ela está sempre intencionada, ela é intencionalidade. A consciência está sempre em dolo. Por isso não há penalidade amenizada pra ela. "Está condenada a ser livre."

A LUA AZUL

Sentado na lua azul
Contemplo a chuva branca
Que cai no teto transparente
Fazendo música...

O Jazz no fundo
Soa encharcado de magoas.

Tudo parece sem sentido
A forma da palmeira parece lógica,
Mas essa dor no peito
Essa saudade de Portugal,
Como sentir saudade de um lugar que nunca fui,
E não quero voltar.
Mas como dói em mim,
Como se eu partisse e deixasse minha alegria...

Essa dor é tão absurda como a chuva,
Como a água que é mais pesada que o ar, flutua e depois cai?

Como se Deus mudasse seu peso,
Ou então ele abre seu chuveiro,
Ou derrama sua infinita bacia de saudade
Em meu mortal coração.

Assustado como o mar assusta um jovem camponês de Portugal que resolve ser marinheiro.

Sentado na lua azul
Nada faz sentido.

As dores dos escravos que vieram é notória e justificada

A dor do camponês é pessoal, muda,
Sufocante e esquecida,
Talvez agora cante em mim
De maneira absurda.

No campo havia rio,
Fonte, chuva.

No mar apenas agua
Tempestade
Saudade
Saudade
Rasgando a alma
Arrancando o sentido.

Soluço e gemido.

MINHA FAZENDA NO CÉU

Sou dono de todas as nuvens,
Proprietário de todos os pássaros,
Sócio de todo jardim,
E senhor absoluto da renda portuguesa.

A lua melancólica no céu
A brisa fresca soprava do mar
Minha alma flutuava como uma pipa
Segura pela mão inocente de uma criança...
O fio inseguro do meu destino
O acaso esse menino sorridente
Alma feita de papel
Rasgada pela ação do tempo e das brincadeiras.
Toda pipa sabe que voar é efêmero.
Em solo firme e certo
Apenas o acaso com sua inocência.
Na finitude desse momento
A brisa é minha,
Mesmo preso pela tênue linha, pareço liberdade.

Receita equivocionista para o casamento

A MÁXIMA DAS DUAS CAMAS

Quando se diz que um casal feliz é algo invejável, isso se refere sempre a relacionamentos duradouros, mas por que será? Penso que é pelo fato de que ninguém merece ser amado por muito tempo, somos criaturas imperfeitas e quanto mais conhecemos alguém, mais descobrimos as sujeiras escondidas no fundo, que só a convivência revela, então quando conhecemos um casal duradouro, se amando apesar do tempo, invejamos e nos perguntamos, o que será que eles tem de diferente? Ninguém merece ser amado por muito tempo.

Como estamos tentando amar por muito tempo alguém, elaboramos máximas e filosofemas para nos ajudar. Além daqueles conselhos óbvios, necessários à vida em comum, e na vida social extra casamento, pois o outro é necessário, tais como paciência, renúncia, perdão e esforço de mudança e adaptação. Segue uma regra específica para o casamento. Se você tiver espaço em sua casa, é bom uma pequena divisão em seu quarto, ou seja, divida seu quarto em duas partes que se comuniquem, e coloque nele duas camas de casal, uma em cada espaço. É muito importante serem camas diferentes e com maciez diferente, esse expediente ajudará muito a vida conjugal.

DAS DUAS CAMAS

Essa cama extra é um instrumento de grande utilidade, tem alcance político, psicológico, religioso, místico e terapêutico, além de facilitar as comunicações simbólicas, suavizando o conflito linguístico cultural que existe entre homens e mulheres.

Ao eleger uma dessas camas como o lugar da sexualidade, a outra cama fica para o descanso e o sono. Esse procedimento é muito importante, pois a mesma cama para dormir e transar acelera o esfriamento da sexualidade, já que o deitar pra dormir se dá no mesmo lugar que o deitar para os jogos do prazer, ai se confundem, se misturam e se cansam. Outro benefício é que quando um está afim, basta deitar na cama do sexo e sem a necessidade da linguagem falada, sinaliza ao parceiro seus desejos de maneira silenciosa e com certo mistério. Além disso, duas camas é muito importante nas brigas tão necessárias e certas do casal, cada um dorme em uma cama, recomendo que o mais zangado e ofendido fique na cama de dormir e que o que espera perdão durma na cama do sexo, pois como perdão agente dá a quem não merece, quando o ofendido quiser perdoar basta deitar na cama do sexo junto ao outro e a briga terminará como toda briga de casal.

Evidente que essas duas camas tem funções que ainda não foram descobertas, cada casal vai descobrindo um ao outro e cada um a si mesmo nesse deitar em uma cama e levantar em outra. Instrumento mágico que contribui muito para que possamos suportar o inferno que é o outro e descobrir que o paraíso também está no outro, já que ninguém é feliz sozinho, a alegria está no encontro com o outro já dizia Aristóteles no elogio a amizade.

Para meus parceiros de gênero parece que a tão misteriosa ereção adora esse jogo de duas camas, quem sabe iludimos nosso animal e ao possuir duas camas ele possa pensar ser dono de harém?????

DUAS CAMAS

Numa cama durmo
Noutra escuto pássaros

Numa cama sono
Noutra sonho

Numa cama acordo
Noutra me embriago

Numa cama esqueço
Noutra memória

Numa cama, velho
Noutra cama valho

Numa cama morro
Noutra cama nasço

Sultão de duas camas,
No meu Oasis canto:
Numa cama me deito
Noutra cama levanto...

A minha linguagem sou eu
Na comunicação não verbal.

Entro na sala e comunico.

O grande problema é que como não há gramática nem dicionários,
O outro lê o que não sei,
E que não queria dizer.

Isso indica como me desconheço,
Existo como um enigma.

Poderia ler-me no outro,
Mas, o coitado vive o mesmo drama,
Ele é seu idioma
E não existe tradutor.

Babel estabelecida,
Fingimos compreensão,
Sobre os destroços de nossa torre sonhada.

Aqui e ali nos assustamos e corremos como boiada,

Raramente nos encontramos em um olhar,
Quase entendemos um gesto
Fugaz
Que se desmancha nas conveniências.

Como não posso ver meu olhar,
Nem perguntar para o outro,
Talvez uma sombra borrada de mim
Se configure nas minhas impressões sobre o outro.

Será se o que penso do outro diz mais de mim?

A mistura de cor com oração
Ou oração da cor
Ou talvez a cor que age.
A cor em ato,
A ação da cor.
A cor da dor,
O coro
Da
Dor
A cor
Da
Ação.
Baticum baticum baticum!

Noite
o sol descamba
estrada a fora
caminho entre lado a lado.

Grilos e sapos se reúnem ao ruído noturno
Tento arrancar o sono das pedras.

A noite segue, o dia vai e vem, se desmanchando em noites. Por que o dia é o dono do período de uma rotação da terra? Por que não chamamos noite, e nossa vida seria uma sucessão de noites, até a noite eterna. Seriamos filhos da noite, e ela a noite seria dividida em duas etapas, a noite e o dia, que seria apenas parte.

O ano teria trezentos e sessenta e cinco noites, e todos comemorariam a noite de seu aniversário. E rezariamos na noite da morte dos entes queridos.

A ORAÇÃO DO TRÁGICO

O que acontecerá comigo quanto comprar o mais novo celular?
O que acontecerá quando possuir todos os canais de TV publica e privada?

O que será que farei quando visitar todos os pontos turísticos do mundo?
Quando me cansar de psicanálise?
Quando esgotar todas as religiões?

E não restar mais fantasias sexuais?
Quando meu carro for sob encomenda?
Quando tiver barco, helicóptero, e sorriso branqueado?

Que farei quando a ressaca for cotidiana?
Que fazer quando ninguém me amar e não amar mais ninguém?
Que fazer quando nem mesmo ódio restar?

Que farei depois do velório e funeral de Deus?

Não saberei mais o que é superior, nem inferior.
Não saberei o que é bem nem mal.
Não existirá alto, nem baixo, nem fundo,

Tudo será abismo...

E as cinzas de Deus cobrirão minha cabeça,

E o tédio perderá seu bocejo,

As forças se anulam na horizontalidade morna e democrática.

E o último homem invejará as lesmas.

"Viestes do pó, e ao pó retornarás!"

A PRECE DO HOMEM COMUM

Nunca fiz milagre,
Nunca fiz justiças,
Nunca fiz revoluções.

Suportei o amassado do meu dia!
Suportei o esmagar de aço do tempo e do trabalho.
Me afoguei no rio de meu corpo,
E escorri em direção à morte.

O meu silencio foi o meu tesouro,
Cantei às vezes algumas canções,
Em dias de desperdícios.

Curioso, observei as mulheres,
Esses pequenos pássaros.
Poucas lágrimas,
Alguns sorrisos,
Muitas dores,
E bons abraços.

Essa é minha prece,
Ou talvez meu inventário,
Deixo ao mundo o resto de minha poeira.
A luz suave da lua devolvo intacta,
Ao fechar meus olhos nessa madrugada de março.

A principal qualidade do poeta é não temer o ridículo,
A poesia é uma maldição, uma espécie de loucura,
Quando menos se espera já foi,
E o ridículo se expõe em público.

Outra importante qualidade do poeta é a confusão.

Geralmente o poeta sente em uma direção contraria ao seu entendimento.

Ama, quanto mais entende que o amor é vão.

Um adeus do poeta é sempre sua maneira de não partir.

Quando parte é porque se deixou completamente naquilo que abandona.

E assim o poeta vai colecionando insanidades,

Podendo ser um ateu com fé e um crente sem esperanças.

Próspero em sua miséria
O poeta possui aquilo que jamais se dará a posse,

Expulso das repúblicas,
Estrangeiro na própria terra,
Amigo da solidão,
Pode "ouvir estrelas"
Ou contemplar o brilho dos pássaros.

Vai à guerra desarmado,
E se arma diante acordos e pactos.

Seu melhor poema nunca será escrito,
O silêncio seu melhor conselho,
A indiferença sua maior generosidade.
Em um abraço sem braços
Homicida noturno,
Mata a poesia a golpes de insônia.

Como almas penadas arrastam correntes pela eternidade
Arrastamos nossas dores pela vida.
Hoje cheguei a Vitória da Conquista e descobri como é penoso amar.
Parece que o amor não faz bem a saúde.
Como não podemos viver grudados em quem amamos como crostas
em cascos de barcos, a saudade pesa como correntes assombradas.
A luta pela vida anestesia e vamos sofrendo sem avaliar.
O barulho do dia a dia vai sufocando nossos gemidos,
E o coração vai guardando em suas batidas,
Cada dor de não viver perto de quem amamos.

Amar é perigoso.

Se por outro lado largamos tudo e nos grudamos no nosso amor
E vivemos a contar sua respiração.
Enfrentaremos guerras homéricas.
Ninguém pode lhe ferir mais fundo e forte que seu amor.

Assim amar muitas pessoas,
Mulher, filhos, netos, amigos,
É certeza de sofrimento.
Se perto eles lhe batem,
Se longe você apanha.

Porém a alegria de abraçá-los
É tão grande que esquecemos qualquer dor.
Talvez por isso que existimos,
Por isso nascemos,
Para sofrer e amar.

Sofrer a ação do tempo implacável,
E poder pará-lo,
Suspender sua influencia,
Na eternidade de um abraço.

Alguma poesia vagueou a bruma leve, onde o sol hesitava com luz tênue,
O frio insistente formava uma fumacinha cinza por sobre o asfalto,
O menino grudou a cara no vidro da janela do automóvel
E sua respiração formava
Uma nevoa quente da mesma cor da estrada.
Depois como um deus desenhava figuras no embaço,
Criando um mundo efêmero,
Feito de seu próprio sopro.

Talvez isso explique minha vida errante,
Que flui como um desenho passageiro feito de bruma,
Que brota da respiração de um deus menino,
Que brinca de fazer mundos.

Apenas uma doxa. Blasfêmia é um termo bastante teologal, apenas suspeito que para ser jogado na esfera do termo careceria de uma vivencia religiosa, ou seja, para desrespeitar um deus preciso acreditar nele. Assim um ateu não poderia blasfemar a não ser contra o ateísmo. Os termos teológicos são fascinantes pela amplitude e afogamento que proporcionam.

AS CORES DO MUNDO EM VARIAS MATIZES

Não entendam esse relato como crise de meia idade, nostalgia de bêbado ou qualquer tipo de lamentação. É apenas uma narrativa descritiva de um fenômeno que me aparece dessa forma. Talvez as discordâncias sejam apenas por causa da qualidade dos óculos, e assim recorto esse retrato três por quatro do mundo.

Quando era jovem, as cores eram nítidas, os tons intensos, hoje talvez por deficiência da velhice de meus olhos, tudo parece em tom pastel. Os heróis de minha juventude eram todos bons, e bons inteiramente, às vezes "falavam de flores"; os bandidos tinham cara de mal "com armas na mão".

Tudo era organizado, e nesse meu olhar juvenil maniqueísta, eu e meus amigos ficamos do lado do bem, é claro. Muitos dos meus heróis foram exilados e sonhávamos e lutávamos para que voltassem e derrubassem o poder do lado negro da força.

Hoje com a vista cansada e os ouvido moucos, vejo "heróis" com discurso socialmente correto roubando o erário, discursos que mais parecem conversa pra boi dormir, ninguém mais acredita nesse papo furado. E os "maus" com caras de bestas sem armas e sem voto sorriem como para foto de domingo. Tudo parece pastel.

Alguns dos meus amigos ainda enxergam o mundo daquele jeito, ou é por conveniência, ou por força do habito, ou por que conhecem um excelente oculista, ou mudaram de lado e nem se deram conta. Talvez trabalhem para o regime, para o governo desgovernado. Sei lá.

O mundo se apresenta em variados matizes, porém a palidez atravessa suas cores, enfraquecendo, perdendo o brilho. É tá tudo meio broxa mesmo, nem o Che endurece mais, caminha cheio de ternura na 5ª avenida em New York, gozando do acordo entre USA e Cuba.

E lá no fundo da alma escuto o som de Ella Fitzgerald cantando Summertime, pra salvar o dia. Axé!

As flores nascem na Primavera

As fores nascem na Primavera. Existem flores naturais e flores artificiais que decoram o ambiente e duram mais, porem sem perfume e sem vida as emoções são poucas. Mas, os filhos são diferentes, não existem naturais e artificiais eles são todos plantados diretamente no coração de seus pais. Uns murcham e morrem, outros nós mesmo matamos, eles tem muitos espinhos, outros se transformam se transmutam e todo ano floreiam.

No meu jardim plantei uma flor especial e na Primavera ela floriu. Era branca e azul imponente e bela; então a batizei de lucianas e todo mês de setembro ela comparece para festejar seu dia. Não posso contar mais nada. As lagrimas me sufocam. Apesar de que este tipo de flor é regado a lágrimas. A Beleza nasce da dor.

AUTOESTIMA

Depois da modernidade, com a era industrial, os homens desprezaram os conselhos do aquinate em não reproduzir os entes inutilmente. Pelo contrário, entulham o mundo e nossas vidas de objetos, muitos deles sem nenhuma utilidade. Mas não apenas objetos materiais, como barbeador, calçador de meias etc, mas principalmente objetos intangíveis, psicológicos e sociais. Para mim o pior trambolho criado pelas ciências sociais foi a autoestima.

Ultimamente todo mundo possui esse objeto, que é de grande dificuldade para armazenar, ele é instável e toda sua vida fica voltada para cuidar desse traste. Eu não tenho autoestima, não daria conta, em mim basta meu pênis, que sobe e desce, se eu ainda tiver autoestima subindo e descendo, não faria mais nada, talvez ele tenha sido uma invenção feminina para competir com a ereção, agora elas podem dizer, minha autoestima caiu, broxou, ou então minha autoestima está em cima, tô com tudo.

BALADA PARA UMA MENINA BONITA

Menina bonita que aparece,
Tão perto, tão longe.

Como um sol diferente ela nasce, ás vezes,
Inesperadamente.

Ilumina a tela, o dia, e o corpo de quem olha,

Oh! Meu Deus, como é cruel essa menina,
Cruel com as outras, que são feinhas,
Cruel com o desejo dos homens

E com a baba do poeta bobo,
Que houve boça nova quando a vê

"Olha que quando ela passa,
O mundo inteirinho se enche de graça."

Com a idade fui perdendo a acuidade visual
Mas fui ganhando qualidade visual,
Como vejo bem, como vejo o belo.
Posso afirmar categoricamente essa máxima:

O belo se realiza completamente no olhar de um velho.

Barco e corda

Barco e corda estão sempre juntos,
Embora tão diferentes,
Um livre navega, nem comanda, nem obedece, vive ao sabor dos ventos e das marés.
A corda,
Prisioneira vive para prender, amarrar, segurar, segurança, sustentação.

Cada um anseia o que o outro é,
Desejo da falta os envolve em um enlaço erótico.

A corda pede ao barco que a leve,
O barco pede à corda que o prenda.

Desejamos o que não temos.

Às vezes acordamos barco e abrimos os braços como vela ao vento,
Às vezes acordamos corda, tudo que queremos é nos enroscar...

Barco e corda vivem o drama de um destino trágico,

Prender para partir,
Partir para voltar,
Nascer para morrer,
Viver para amar,
Amar para sofrer,
Sofrer para cantar.

BUCÉFALOS

Muito resisti para não me colocar nesse trabalho de mestrado. Afinal uma dissertação, por ser um trabalho científico deveria buscar uma distância segura para a inteligência, pois a proximidade gera afeto e os afetos atrapalham a inteligência. Mas resolvi arriscar, resolvi sair da área segura, porém monótona do como se deve fazer. Afastei-me do excesso de critérios, para poder criar. É preciso coragem e um pouco de loucura, a primeira me falta, mas a segunda tenho de sobra.

Essa dissertação é também a história de minha vida. Vivi vinte anos de minha vida dentro de uma sala de aula de Filosofia, a sala da professora Rita Célia, ela foi minha universidade, primeiro foi aluno ouvinte, depois aluno regular, depois aluno monitor, depois professor auxiliar, substituto, adjunto e por fim professor de minha própria classe.

Descobri agora que os sentidos não são resultado dos órgãos, Aristóteles em Anima com o principio de finalidade, diz que não enxergamos por ter olhos, mas temos olhos porque enxergamos, ou porque precisamos enxergar. Eu porem, numa perspectiva facediana, entendo que aprendemos a enxergar, a ouvir, aprendemos os sentidos e os sentimentos, somos um animal cognitivo, um animal que aprende.

O processo da dissertação levou-me para pensar sobre mim mesmo e voltei no tempo, sei que as palavras fixam o fluxo da duração, porem voltei de um salto aos dez anos, garoto bobo, ajudava a mãe a fazer faxina nos primeiros prédios de apartamentos que surgiram em Brotas. Naquela época meu olhar inocente não via o ressentimento, e apesar das carências aquele menino era de uma alegria sem conta, corria magro pelas ladeiras e se orgulhava de lavar banheiros como ninguém, depois entregava pra mãe o dinheiro da faxina como se fosse seu marido e o prazer era imenso.

Porém os anos se passaram e fui para Escola Técnica Federal da Bahia, lá na década de setenta os Partidos Políticos e Organizações de Esquerda ilegais atuavam no Centro Cívico, lá conheci Karl Marx e a luta de classes, eu nunca tinha vista uma classe, nem sabia que elas brigavam, até então só via briga de vizinhos, marido e mulher, de galo nas rinhas do Fim de Linha de Brotas e Candeal e brigas nossas, os rapazes nos babas no Vale do Bonoco que chamávamos Baixa do Tubo. Pois é, a leitura do mundo que Paulo Freire disse ser importante e que Marx foi um dos primeiros professores, em mim consistiu em aprender o ressentimento, aprender a comparar e perder definitivamente a alegria. Depois de aprender sobre as diferenças e as desigualdades como algo ruim, a riqueza de quem tem foi tirada de quem não tem, era preciso aprender a se vingar, o marxismo é um curso completo de inveja. Então ao concluir o curso de Eletrônica Industrial fui para uma fábrica no CIA e de lá para a militância no Sindicato dos Metalúrgicos da Bahia em Nazaré.

Às vezes pensando nessa minha história e comparando com a historia da humanidade, fico procurando um personagem para funcionar como arque, para inspirar ou consolar, participei de muitas guerras, mas não fui grande general, nem guerreiro herói, de todos que pensei escolhi Bucéfalos, o cavalo de Alexandre. Diante de tantos personagens na história eu escolhi ser um cavalo. Uma cena no filme Alexandre do diretor Oliver Stoni foi decisivo, Bucéfalo era um cavalo indomável, ninguém podia montá-lo, mas Alexandre percebeu que sua ferocidade era medo, ele tinha medo da própria sombra, então não se aquietava, pulava o tempo todo, até que Alexandre disse baixinho, Bucéfalo a sombra é uma brincadeira do Deus Apolo, ela não lhe fará mal. Então ele pode entrar na história. Eu da mesma forma precisei perder o medo das sombras para entrar em minha própria história, minha rebeldia e fúria, minha temeridade era medo, medo de sombras e assombrações. Saí do marxismo e nunca tive coragem de dizer isso, que agora como ex-covarde, volto a repetir, marxismo é a didática da inveja.

CASA FECHADA

Viajei
Passei muitos dias, meses.

Depois voltei para casa
E quando entrei
Percebi minha desarrumação.

Alguma poeira
Livros e roupas fora do lugar

Restos de sonhos,
Pedaços de desejo,

Todo o tempo acumulado
Gritando de uma só vez

Todo o tempo dos dias e meses
Despejados na minha presença
Num único golpe.

Então entendi que o tempo
Brota de nosso corpo,
O tempo são nossas ações,
O tempo não está fora consumindo nossa vida,
Ele é a nossa vida em duração.

CASAMENTOS DURADOUROS – SEM RECEITAS

Quando vemos um casamento de décadas pensamos que ali houve diálogo, compreensão, etc. Qualidades de dois que se somaram e o resultado é um casamento duradouro. Tenho um casamento de décadas, tenho filhos e netos, e no meu caso não há qualidades maravilhosas em nenhum dos dois, se bem que ela é melhor que eu. Porém entendo que nós gostamos até dos nossos defeitos, coisas intoleráveis em qualquer outra pessoa, nela ganha um tom de graça ou de singularidade que atraí. Assim penso que meu casamento duradouro mais parece com um vício, que com virtudes. Papão um filósofo baiano dizia que devemos viciar nossa mulher em sexo, para poder ter uma escrava para o resto da vida.

Então penso que o casamento guarda mistérios para além da psicologia e relações sociais, ele possui uma áurea de surpresa e do indizível. A fidelidade e cumplicidade ajudam, mas elas vêm depois do vício ou do milagre. E parece que o que serve para uns, não serve para outros, o que nos alimenta é veneno para outros. Talvez cada casal deva encontrar seu jeito, ou seu sem jeito. Formando uma aliança de guerra, contra todos. O casamento tem vários inimigos: filhos, mães, família, religião, projetos pessoais, invejas dos amigos, etc.

As partes de um casamento precisam pelo menos entender isso e se tiverem sorte, encontrarão uma das coisas mais preciosas da existência, alguém que possamos dizer: minha, meu, tua, teu.

Com o tempo aprendi a valorizar a rotina,
Os atos repetidos tornam-se hábitos
E com tempo se aperfeiçoam em atos simples,
Confundindo-se com a vida.

Como é deliciosa a precisão do ato simples.

Depois dessa conquista,
Dançamos no silêncio
Onde os ouvidos não se deixam seduzir por promessas de novidades.

Nesse território
A poesia se constitui em maldição.
Ela sempre retira a calmaria e o sossego,
Sufoca,
Acelera o coração,
Um incômodo.

A poesia não deveria atacar a velhice.
Ridícula em si mesma,
Companheira de suas dores e limitações,
A velhice não precisava de sustos e avalanches.

Bom mesmo é ficar na caverna brincando com sombras conhecidas,
Fora desmesura,
A única embriaguez que preciso,
Vem do álcool.

Fora maldição!
Deixa em paz esse trapo,
Não vai parar de roer o osso.

Não te admiro,
Nem me enganas mais.
Anarquista,
Fora da minha república.

Indiferente ela transita como Platão
Entre dois mundos,
Sai da caverna para o luminoso mundo das ideias,
Mas, não fica lá em seu esplendor.

Volta para o escuro da caverna para incitar,
E atormentar pobres prisioneiros viciados em sombras.

Comer a fome
Beber a sede.
Sonhei colhendo nuvens maduras.
Por que mesmo previsível
A dor carrega uma surpresa?

Talvez a quantidade de surpresa seja a medida da dor.
Quanto mais inesperada, dói mais.

A dor devora sonhos,
Talvez por isso, guardo os meus nas nuvens,
Bem alto, sempre em movimento, sempre mudando de forma.

A dor não voa. Como as cobras, ela rasteja.
Quanto mais alto meu sonho,
Mas ela o pensa pequeno.

Tão estranha é a perspectiva dos que rastejam.

Hoje pela manhã avistei uma nuvem novinha,
Balançando no primeiro raio de sol.
Deve ter nascido na madrugada,
E levou meu sonho com ela.

Sonhei colhendo nuvens maduras...

CONSERVADOR GRAÇAS A DEUS!

Adoro a frase do Gil que diz assim "Andar com fé eu vou, a fé não costuma faiar". Poderíamos perguntar como um ateu cético e niilista gosta desta frase. O negócio é o seguinte: Por que o autor quer andar com fé? Por que é uma boa ideia? Por que é uma revelação? Nada disso, a confiança do autor nem é na fé, mas no costume, segundo ele a fé não costuma faiar. Confiar no habitual, no que vem dando certo a eras de evolução é a base do ceticismo que confia mais no habito que nas ideias, afinal um cético sabe que toda ideia ou teoria tem uma contraria equivalente, em síntese não dá pra escolher baseado em teorias. E disso resulta um comportamento conservador. Axé!

CRIAÇÃO

A Consciência pairava sobre o nada,
Repleta de si.

Já que escrevi com c maiúsculo, não precisaria chamá-la de Deus.

Mas mesmo os deuses adoecem,
E a Consciência teve um ataque epilético.
Rápido, explosivo, luminoso.
Poderia dizer que foi assim:

Ápice, reconciliação, incerteza e estase devocional.

Daí surgiu o universo,
O big bang,
Que não passou de um defeito elétrico nas instalações divinas.

DA MULHER, DA MÃE, DA FILHA E DA BIOLOGIA

Quando penso no processo biológico da geração da vida, apesar dos avisos de Nietzsche, encho meu coração de compaixão pela mulher. Assim decidi absolver minha mãe dos tribunais da existência. Ela gerou-me e isso ultrapassa a suficiência, ela tem credito em qualquer franja de consciência. Junto com ela, meu primeiro mundo, pois foi em seu útero que habitei os meus primeiros dias, todas as mulheres se harmonizam na oração de Vinícius de Moraes "Senhor, tende piedade das mulheres!".

Depois dessa teologia biológica, olhei-me no espelho e verifiquei que meus olhos estão na frente do rosto, como o de um caçador, eles fitam o horizonte, eles olham o futuro, porém, o olhar possui uma mistura de ânsia e medo, o mesmo futuro que desejo, fito e busco, também temo. E é essa dubiedade que arrasta-me para frente, porém vacilante, pé ante pé. E meu nariz avisa, inimigos espreitam, caça e caçador alternam a existência desse macaco de olhos agudos. Macaco, mamífero, filho, marido e pai. Macaco que tem ódio e compaixão, que anseia e teme.

Depois de refletir sobre essa minha cara de primata, resolvi pensar sobre o casamento. E talvez por ter dois olhos e caminhar com dois pés, mas ter apenas um coração, o casamento traz em si mesmo o divórcio, quem casa se aparta. Escolhe, ganha e perde. Quem não sabe perder, quem não consegue divorciar-se, não casa. Mesmo que tente varias vezes, mesmo que mude de parceiros, nunca consegue casar, por não saber divorciar-se. Muitas mulheres morrem no parto por não expulsarem o feto, não querem perder a gravidez, então não conseguem dar a luz, essas que se agarram à cria de tal jeito não morrem mais nesses nossos dias, porque a ciência medica arranca o feto a ferros. Salvando-lhe a vida, mas o cordão umbilical invisível fica amarrado no pescoço dos infelizes, perversa e pervertido caminham na infelicidade pro resto de suas vidas. Ele não a perdoa por ter nascido, ela não se perdoa por ter perdido a oportunidade de eternizar a gravidez, ter morrido com sua cria, engasgada nas entranhas, amor biológico, trágico e mortal. Divorciar-se da mãe é fundamental, até para amá-la.

Muitos filósofos preferem a solidão, isso porque o homem é um animal sobrenatural. Atrás de seus olhos que fitam o futuro desejado e temido, uma alma assombra. E um silêncio sussurrante avisa da possibilidade do milagre, da realidade da impossível poesia. Então com suas mãos ele arranca do nada o canto. Ele sopra misturando alma e vento uma simples lembrança: "Escute essa canção, é pra tocar no rádio, no rádio do seu coração. Você me sintoniza, agente então se liga, nessa estação. Aumente seu volume que o ciúme, não tem remédio, não tem remédio, não tem remédio não.

Agora vem diz o meu nome e não me chama, você é quem conhece mais a voz do homem que te ama. Deixe eu mergulhar em tua onda, deixa eu me deitar em tua praia, é nesse vai e vêm, nesse vai e vêm, que a gente se dar bem, que a gente se atrapalha."

Valei-me Moraes Moreira, mesmo no carnaval da Bahia, o vento sopra poesia!!!!!!!!

Da relação entre a vida e as ideias em Espinosa

Afecção é a ideia que temos da transformação que nosso corpo sofre no encontro com outros corpos, essa transformação pode ser boa ou ruim, certos encontros nos alegra e outros nos entristece. Quando o encontro nos favorece e nossa potência de agir aumenta sentimos um afeto de alegria, quando essa potência diminui sentimos tristeza. Espinosa estabelece uma relação direta entre potência ou força e afetos, os afetos funcionam como sintomas, eles indicam quando nossa força aumentou ou diminuiu. Alegria e tristeza são os dois afetos fundamentais, o afeto não é uma ideia, ideia é a representação de algo e o afeto não representa nada. À ideia que temos dos afetos Espinosa chama afecção ou ideia afecção. Ideia e afetos são de natureza diferente, afetos é a transformação que o corpo sofre e ideia afecção a representação ou o conhecimento dessa transformação.

Mesmo sendo de natureza diferente Espinosa estabelece uma relação entre ideia e afetos. Na vida vamos tendo uma sucessão de ideias, no transito temos umas ideias, na praia outras, em casa temos umas ideias, no avião outras. A depender dessa variação continua de ideias vai haver uma variação da nossa força de existir, ou seja, existem ideias que nos alegram e ideias que nos entristecem. Então nossa potência de existir ou nossa força não depende apenas do encontro dos corpos, mas também do tipo de ideias que temos. Os que vivem no ambiente das ideias do ressentimento, do revide e da lamentação, os que vivem nas queixas e raivas, entristecem. Podemos perceber aqui que certas teorias apenas nos jogam pra baixo. Como a tristeza é apenas um sintoma, ele indica que se perdeu força, que a potência de agir diminuiu, os convertidos às teorias do ressentimento, apesar de indignados sempre são impotentes para agir. Como a contemplação da impotência de agir entristece, esse processo torna-se autoalimentado, e os ressentidos impotentes até para assumir a responsabilidade de suas mazelas, sempre responsabilizam a história, o sistema econômico, o clima, a etnia, o gênero, e assim aumentam cada vez mais o rosário de queixas.

Assim na Ética de Espinosa é bom o cuidado com os encontros que temos com outros corpos, mas também é importante saber as ideias que aumentam ou diminui nossa potência de agir.

Quando você pensa que é ético, justo, e que tem direitos estando com a verdade, aí você torna-se um perigo.

Sonhei que era uma coruja, e voava na sombra do grande pássaro da noite, voava nas asas do tempo, eu queria voltar ao passado para assistir a um parto. Um belo parto.

Posei em Florença em torno de 1501 a 1504, como as corujas voam silenciosamente, posei sem ser notado, no atelier de Michelangelo, e fiquei extasiado, vendo-o arrancar Davi das entranhas do mármore, suas mãos sangravam, a mãe, o bloco de mármore se esfacelou em pedacinhos, porque muito diferente do Davi da bíblia, esse nasceu adulto, nasceu grande, nasceu gigante, esplendoroso. Não foi um parto natural, o mármore não sofria contrações, e Michelangelo precisou usar martelo, talhadeiras e muitos outros instrumentos.

Depois um serviçal varreu a mãe espedaçada de Davi, junto com o lixo do atelier. Será que toda mãe deve morrer para que nasça um gigante?

Contorcido pela dor do conflito, voei em direção as nuvens, as penas foram caindo e o frio aumentando, voar ficava cada vez mais difícil, despenquei em queda livre, em direção ao inevitável.

Acordei, com inspiração freudiana, parto, mãe, Davi, beleza, dor. Meio alucinado e sonolento ouvi um canto de coruja na madrugada. Será?

DE FLOR EM COR

Rosa menina
Pra teu espanto
Acácias cantam canções azuis
E lírios fogem desesperados.

Cravos vermelhos bem armados
Vão se bater em um duelo
Com os crisântemos amarelos.

Conselhos de jasmins não adiantam
O meu jardim está em pé de guerra.

Mas, do alto da mussaenda rosa
Uma pálida orquídea nasce
Como um poema ao sol.

De melancolia e incompetência teci esses meus dias
Algumas horas de samba pra esquecer.

Talvez o coração aguente
Talvez o artigo seja publicado
Talvez ela me beije
Talvez

Publico ergo sum!
Máxima da vida acadêmico.

O editor como um Deus dita os destinos.

Fora do foco
Escrevo versos inúteis.

Nem dá pra ouvir estrelas com tanto barulho.

De tombo em tombo
Poderei nem chegar,
Afinal não há meta.

De tombo em tombo
Prosseguindo,
Fazendo o que pude,
Até que meu destino se revele.

A graça é que jogo no escuro,
E o que acontece é muito distante do que planejei.

Os planos são coisas que fazemos,
Enquanto a vida segue,
Sem se importar com eles.

Sem razão aparente,
Caótica e injusta,
A vida segue,
Consumindo os indivíduos,
Como o moedor de cana,
Que tira o suco,
E depois cospe o bagaço.
A derrota tem um gosto amargo,
Quero deliciar minha dor totalmente.

Ouvir samba e ler Nietzsche,
Meus dois fármacos prediletos.

Os abraços dos amigos,
Vou deixar para os dias de alegria,
Não quero transformá-los em remédio.

"Amar uma pessoa significa querer envelhecer com ela."
Albert Camus

Pensar que nada muda é esquecer uma máxima
De que tudo muda pra pior.

Talvez só reste sua tristeza para oferecer,
Mas seu amor sofre igual a você,
Ela enxuga sua lagrima com ternura.

Talvez isso seja envelhecer com amor,
Sofrer o mesmo sofrimento,
Sentir a mesma dor,
Entardecer com a mesma tristeza,
Dividir uma única lágrima.

O amor sobrevive à falta de esperança,
Quando acabar o viço do desejo,
Quando acabar a saúde e a alegria costumeira,
Faremos uma salada de saudades,
Temperada a suspiros.

Se acabar o sexo,
Choraremos juntos.

DESEJO

O desejo é uma pantera
Cavalgamos esse perigo todos os dias
O que nos transporta pode a qualquer momento nos devorar
E nos devora

Loucos e nus
Sem cela ou rédeas
Seguimos sem rumo no galope selvagem

A frustação e o tédio nos aguardam no certeiro tombo desse lombo escorregadio

Resta-me esse poema hermético
Maciço, compacto, impenetrável

Resultado de uma paciência total
De uma atenção narcísica
Que se prolonga através dos tempos
Para dentro de minha incompletude

Trincheira, onde inocente espero escapar
Da caça que me caça
E por mais que a poesia seja intraduzível
A pantera não se importa com idiomas

Ela cheira a carne
Ela lambe o sangue

Poderia sufocar a dor lhe quebrando o pescoço,
Mas, brinca com a presa
Goza com sua agonia
Deve ser por isso que não tenho religião

 Vivo cansado de ouvir pessoas de vários ramos de religião declarando que se religaram a Deus, conversarem com Deus, desfrutarem de sua presença, etc. Diante do Criador em sua santidade, um pecador em sua miséria só pode haver um abismo. Abismado deveria ficar qualquer criatura frente a uma experiência religiosa séria. A condição humana de pecado reconhecida e sofrida, a miséria completa e a angustia da insuficiência.

Mas não, os religiosos, são todos iluminados e felizes da convivência com o Criador, numa intimidade de semideuses, ou é um efeito alucinógeno, ou hipocrisia pura. Então fico aqui no meu deserto, no silencio diante daquilo que é mistério e grandeza, silencio é a única reverencia que a pequenez completa pode ter diante da grandeza absoluta. Deus é o sublime que esmaga aquilo que somos, vermes com consciência. E ser religioso para mim é saber-se condenado. Por isso penso que os salvos e iluminados estão mais por fora que casca de abacaxi. Eu que nem perdão mereço. Axé!

Dia claro
Feirinha cheia
Representa o centro de gravidade do bairro.

Somos todos atraídos pelo colorido
E perfume dos açucares frutais.

Alucinógeno o cheiro do abacate
Arrasta-me a infância
Onde minha mãe lavava roupa
Sob um abacateiro
Lá no Acupe de Brotas.

As mangas espadas completam o surto.

Minha vocação de fazendeiro
Fazia-me catar manguinhas pecas e abacates
Para fazer minha fazenda imaginária.

Hoje, próspero fazendeiro de nuvens
Ainda lembro daqueles tempos.

Nas fruteiras a sedução continua em cores variadas.

Provocada pelo evento cósmico da feirinha
A calma da casa arrasta-se para uma curta alegria
Que brinca de balaço
No avarandado claro
Do dia.

Porque somos mamíferos! Talvez esse seja o motivo de existir um dia tão açucarado, dia das mães, meio brega, meio falso, meio cartolina rosa em formato de coração. Todo protocolar. Apesar de barato vende. As lojas venderam muito.

Como sou gauche, queria falar de aborto. Penso que existem muitos abortos, o mais simples e menos perverso a mãe mata o feto no ventre e não deixa nascer. Nos outros tipos ela funciona como boca de jacaré, engole o filho vivo e se ele tenta fugir, ela destrói socialmente, vestida de santa toda queixa será verdade, e acidamente corrói.

Primeiro a mãe é a instituição mais poderosa do mundo, ninguém briga na escola por causa de pai, nem do governo, nem por causa de Deus, mas se falar da mãe o pau come. Por que será? O fenômeno biológico transforma seres imperfeitos em deuses, ou melhor, deusas?

A própria existência da mãe nesses moldes retira do ser humano qualquer dignidade, pois ela a mãe é melhor que qualquer filho, ele jamais será como ela, bom, santo, inatingível. Penso que uma mãe pouco pensa em filho quando o gera, elas naturalmente fazem sexo e gozam. Depois aparece aquele papo eu lhe dei a vida. Penso que todo filho é um acidente.

Como pagar uma dívida tão alta? Escravidão eterna e voluntaria e ainda dizer que é por amor.

Alguns filhos e mães se amam, acredito, porque o amor transcende a biologias, e o fato de uma pessoa ser uma instituição pode ser difícil, mas não impossível para o amor, mas são raros. Raro é o amor entre mãe e filho, comum a banalidade, a pressão social e religiosa e falsidade típica das relações sociais. Se existir heranças e irmãos o amor é facilitado.

Do encontro de corpos em Espinosa, resulta a modificação no corpo que sofre a ação ou a força do outro, a essa modificação chamamos afecção. Espinosa reduziu a duas maneiras de modificações a alegria e a tristeza. Quando encontramos um corpo cuja mistura se combina com o nosso, o resultado dessa mistura aumenta nossa potência de agir (Conatus), esse encontro nos deixa alegres. Quando o encontro é com um corpo que não se combina com o nosso, essa mistura procura destruir nossas características fundamentais, nossa capacidade de existir, isso diminui nossa potência de existir e agir, então, entristecemos. Daí resulta a ideia de bem e mal para a ética de Espinosa. O bem é tudo aquilo que favorece a potência de agir, e mal é a que diminui ou a impede. Logo nada é bom ou ruim em si mesmo. É nos encontros, na mistura de corpos que descobrimos o bem e o mal. Porém se vivemos ao acaso dos encontros, se não possuímos ideias adequadas, ou seja, o conhecimento das causas, e apenas sofremos encontros e sentimos seus efeitos em nossos corpos, vivemos de encontros fortuitos e dominados por paixão, escravos do acaso, soltos no jogo do movimento dos corpos.

Conhecer a causa das afecções, saber por que nos alegramos ou nos entristecemos com o encontro com determinados corpos, onde uns são alimentos e outros veneno, constitui a chave espinosista entre conhecimento e ética.

DOR E MEMÓRIA

A manhã chuvosa veio carregada de saudades,
A memória esse burro de carga,
Carrega os momentos passados para sempre,
Aumentando o peso do presente.

Cada presente instante é cheio de todo passado,
De dores e alegrias,
Nada escapa ao massacre da lembrança.

O Esquecimento como um salteador,
Tenta roubar alguma coisa no percurso.

Mas a memória tem uma guarda poderosa,
Feita de titãs: o Remorso, a Saudade, e os traumas transformados em cicatrizes,
Que resistem a todo ataque do Esquecimento.

A memória esconde o passado nos elementos,
E sempre descobrimos seus tesouros,
Em uma chuva,
Em uma música,
Em uma tarde que se arrasta preguiçosa.

Ou no cheiro de terra molhada,
Ou na franja de luz que escapa do telhado.

Memória, memória, memória,
Moinho que tritura o passado e ensaca,
Numa fábrica de sonhos e vertigens.
Se não fosses tu não haveria sofrimento,
Afinal a dor é uma memória que arrasta
O ferimento pelos fios de nervos do corpo
E pelas diversas matizes da alma.

Em respeito aos amigos, ou porque me expresso no FACE

Não pretendo me opor a nada, afinal aquilo que não gosto está morto para mim, eu apenas afirmo a minha opinião, vou com que eu gosto. Essa afirmação de opinião não é para mudar ninguém, mas pela consciência de sou liberdade e da responsabilidade que isso implica.

Minha liberdade se dá na história e história para mim é circunstancia, logo não vou ficar feliz pensando que a corrupção acaba quando prender todos os corruptos do PT, felicidade não existe. Não é isso, a ação de me expressar a esse respeito é muito mais por honestidade e coerência do que por esperança. Sou pessimista, logo sei que o homem pequeno sempre existirá.

Como todos se colocam, e a existência é o resultado da tensão entre subjetividade e objetividade ou como querem os marxistas condições materiais dadas, ser livre implica a responsabilidade de se colocar. A história não deveria ser tratada como uma abstração universal, ela se dá através dessas tensões e a minha consciência acontece singularmente dentro dessa tensão.

Não acredito em paraísos e em políticos honestos, mas diante do roubo exposto, não posso me esconder na estrutura secular da corrupção, fechando meus olhos para o agora da circunstancia de minha existência. Sou um homem de meu tempo, não posso voltar e afundar as caravelas de Cabral, pra gente continuar aqui nossa vida tupiniquim.

Penso ser muito razoável que mesmo a corrupção tendo existido em outros governos e mesmo que a corrupção acontecerá nos futuros, se posicionar avesso a isso. Liberdade é responsabilidade, coragem é seu principal ingrediente, não podemos achar que tudo bem, já que a crise é mundial, podem roubar a vontade, podem mentir a vontade, a crise é mundial. Assumam seus erros, larguem o osso do povo, já não tem mais nada pra roer. Pelo amor de Deus!!! Ah! Esqueci que sou ateu!

ENCONTRO

A vida pode ser resumida nos encontro que temos com o mundo, vivemos nos encontros e encontrões, com os outros corpos que nos afectam. Na net privilegiamos os olhos, por isso não sabemos os cheiros das imagens que se apresentam, não sabemos da maciez ou aspereza das superfícies, quem dera saber os sabores. Apenas formas e cor, palavras e conceitos, o mundo entra pelos olhos e ouvidos, a net é um mundo de deficientes, sem tato, sem cheiro, nem sabor, na net somos desencarnados e o intelecto fica supervalorizado.

Havia um mundo corpóreo, lembro que na escola primaria, eu tinha uma colega que sempre buscava conversar com ela, às vezes nem falava nada ficava perto, apenas para sentir o perfume, o maravilhoso cheiro que exalava se seus poros e tornava tudo que ela dizia saborosa poesia.

Quando fazemos uma conta no FACE arrancamos nossas células gustativas, os terminais nervosos de nossas peles e narinas, apenas olho e dedo, cabeça cheia de formas e cor.

Porém o encontro virtual não perde em tudo, ele ganha na ausência de espaço, ele não respeita distancia e reúne numa pequena tela uma grande colisão intergaláctica, multidão em choque, numa paraolimpíada, um mega impacto de deficientes físicos.

Sempre valorizei o nariz, o meu imenso nariz cheira o mundo e se constitui no meu melhor instrumento de pesquisa. Ele vive na minha frente e sempre me avisa de coisas boas e ruins, na net fico desarmado. Neardental fico espantado com um mundo sem cheiros, sem sabor, sem distancias, sem espera, sem dor.

Minha vingança é na cozinha, passo horas cozinhando e o cheiro do alho no azeite me da um prazer imenso, esse perfume avisa-me você ainda esta vivo. Se tocar na panela quente queima, as deliciosas rugas do repolho e a tangerina agente enfia o dedo e ela espirra líquido e cheiros como uma mulher.

EQUIVOCIONISMO E CONSCIÊNCIA

Herdamos a ideia de consciência como antropo-rés da modernidade, até mesmo os fenomenólogos põem a consciência como intencionalidade, e ai revela seu antropocentrismo, para mim consciência nem é coisa, nem se movimenta em intenção alguma, consciência é buraco, por onde passa o fluxo do ser, buraco no ser que passa, isso provoca a ilusão de que é o buraco que se move, como uma janela do carro, mas o carro, a estrada, o universo se move, mas o buraco deixa passar...

Ás vezes retemos algo nas bordas do buraco, habito e conhecimento, eles diminuem o buraco, impede a passagem. É preciso colocar coisas ácidas, atritosas ou corrosivas para alargar o buraco. Eu não viso a cadeira no centro da sala, ela me atravessa em duração, e eu ou deixo passar, ou retenho nas bordas, na memória, e então a cadeira fica obstruindo a passagem de outros objetos que escorrem no fluxo temporal.

EQUIVOCIONISMO E SENTIDO

Se vou morrer, nada tem sentido. Desesperadamente buscamos dar sentido à vida, ao trabalho, ao amor, ao sexo. Mas tudo escapa em frangalhos.

Hegel parece uma fabrica de utopias, dele saiu Marx, Schopenhauer e Kiekeggard. Todos se opondo, todos se apoiando. O traço comum, utopias. Em Marx a mais evidente, a "justiça social", em Schopenhauer a fuga do desejo, em Kiekeggard a saída do desespero.

O niilismo desesperado da ausência de sentido leva-me a tentar sair de mim em direção à Deus, aconselhado por Kiekeggard tento sair desse mar de desespero, vou chegando á superfície, estou quase respirando na fé, mas sou arrastado pelo peso do pecado de volta ao fundo do desespero, igual a Santo Agostinho.

Saio desesperado pela manhã para dar uma aula de filosofia no IFBA de Santo Amaro, nenhum sentido, o sol brilhante, a praia linda, eu vou morrer, pra que ir? A br 324 me assusta, vou pelo vício em filosofia, durante a aula uma aluna escreve em resposta a uma tarefa sobre as desvantagens da esperança.

Lindo! Foi pra isso que vim pra aula. Ao jogar fora a esperança perde-se o medo. Achei uma ideia equivocionista de sentido.

Não há o sentido, ele não se dá a priori. Colhemos migalhas de sentido no agir sem sentido. O sentido está em frangalhos como a alma do desesperado, mas é preciso estar atento, vigiando e orando, pois essas migalhas de sentido veem como salteadores, á noite, sem aviso, é preciso estar desperto e pronto pra acolhe-lo quando ele se dá no inesperado, no extraordinário do cotidiano.

Mas porque a conclusão do meu pessimismo é alegre, porque afirmo que o herói trágico é alegre?

Porque aprendi com o samba a transformar dor em alegria, e saber que sofrimento não é amargura. Esse talvez seja meu maior cinismo.

Penso que a lógica seja uma oração, uma romaria, onde otimistas tremendo de medo esperam a redenção do silogismo. Agarrados em seus brinquedinhos de combinar palavras, sentem o supro frio da morte no cangote.

Equivocionismo minha filosofia

Metafísica
Para mim, Metafísica é um esforço de atenção a si, desde os devaneios do pensamento, às certezas cegas do coração, até os impulsos vorazes do corpo, que talvez sejam a mesma coisa, em modos diferentes de se apresentar.

Sendo assim os dilemas de onde viemos, pra onde vamos, por que estamos aqui, se resolvem facilmente. A parte do esforço de atenção é que demora mais um pouco, mas a natureza indica no corpo as respostas do nosso destino, basta prestar atenção. Ao sinal que a natureza nos dá chamamos de alegria, ou seja, toda vez que nos alegramos é porque fomos bem sucedidos, atingimos nosso destino, é pra isso que estamos aqui.

Da vaidade
Prestando atenção na vaidade, principalmente na nossa, verificamos que quando estamos alegres, ou seja quando temos certeza de que fomos bem sucedidos, dispensamos a vaidade e os elogios, porém quando sentimos uma insegurança em relação ao que fazemos precisamos da vaidade para acalentar nossos passos trêmulos. Assim para nossa surpresa e espanto, no fundo, no bem fundo da vaidade encontramos a modéstia.

EQUIVOCIONISMO MORDENDO O PRÓPRIO RABO

É evidente a influencia de Nietzsche no Equivocionismo, mas às vezes mordemos o próprio rabo. Agora vamos morder Nietzsche. Em sua obra Além do bem e do mal, Nietzsche diz que "não há fenômeno moral, mas apenas a interpretação moral dos fenômenos".

Lembrando o Hume pensamos que as ideias são sensações que enfraqueceram, então se for assim, se as ideias veem de afecções, sensações e pulsão, de onde veio a ideia de moral se não há fenômeno moral.

Para o Equivocionismo a vergonha é um sentimento moral, uma sensação moral, um fenômeno moral. É da vergonha que surge as morais. A moral de escravo nasce da vergonha da vitória, e a moral de senhor da vergonha da derrota.

EQUIVOCIONISMO, UM PESSIMISMO DIFERENTE?

Minha formação acadêmica foi diversificada, de uma militância sindical esquerdista e prosaica à poesia insana, mas a FACED foi um ambiente onde pude debater livremente minhas ideias. Sou facediano, sendo assim isso diz alguma coisa, ou talvez não diga nada, apenas reflita uma carência de pertencimento, no caos da existência. Porém em uma de minhas provocativas apresentações em seminários na FACED, falei do meu Equivocionismo, argumentei que tudo muda pra pior e um curioso participante me fez a seguinte pergunta: – Qual diferença desse seu pessimismo, para o de Schopenhauer, Nietzsche e Cioran?

Respondi de maneira seca: – Eles eram infelizes, eu sou um pessimista feliz. Porém, é preciso esclarecer com cuidado essa tal felicidade e sua sustentação filosófica.

Sou um amante do samba. Essa escola estética, para mim, o samba é uma escola filosófica, é bastante pessimista. De Assis Valente, Cartola, Nelson Cavaquinho a Noel Rosa, verificamos uma tremenda dose de sofrimento e decepção. Frases como "O mundo é um moinho, vai triturar teus sonhos tão mesquinhos, vai reduzir as ilusões a pó" é de uma carga pessimista profunda, claro que as leituras de Schopenhauer, Nietzsche e Cioran me foram muito caras, mas para eles "Todos os homens são infelizes, raros aqueles que tem consciência disso" como afirma Cioran, e em mim é diferente.

Acredito que foi devido ao Samba, essa maquina de transformar dor em beleza, esse rizoma que colhe sofrimento e transforma em alegria, anima-me para que partindo de premissas parecidas as da tradição pessimista, chegar a conclusões diferentes, por exemplo, que é possível uma "felicidade", e assim nos versos de Nelson Cavaquinho entendo que "É Feliz aquele que sabe sofrer!".

Saber sofrer é um sabedoria ético-estética fundamental para esse estar-ai trágico que é nossa existência, não me interesso pelas raízes antropológicas, indígenas ou africana dessa magia. Minha preocupação é metafísica. Logo muito mais que amar o sofrimento, porque ele nos torna fortes, esse ensinamento nietzschiano salta para o resultado, para um depois da dor, justificando-a. Porém o nosso saber sofrer, não visa o resultado da dor que poderá ou não nos fortalecer, aliás penso que tudo muda pra pior, então se fitar o resultado vou ao desespero. Saber sofrer no equivocionismo é no processo da dor, na hora do golpe, fazer beleza, e se não tem o dom da arte, responda ao inevitável com fúria. Nietzsche dizia que "Um copo d'agua e minhas dores me bastam", nós não fugimos das rezas, nem da dança, nem da cachaça, é com "chuva, suar e cerveja" como avisa Caetano que inventamos uma "felicidade". As dores geralmente servem de adereços para nosso carro alegórico. Esse esforço estético segue um caminho contrario ao pessimismo da tradição, que encontrou uma razão para a dor, ela nos deixa mais fortes. Aqui nos trópicos, esvaziamos a dor de qualquer razão, a dor não tem razão, choramos e sofremos como qualquer mortal diante de sua presença ilógica, não nos conformamos, nem somos super-homens. Mas cantamos e dançamos, e é na alegria que depositamos toda carga de racionalidade, é pra ser alegre que nascemos e talvez nem morramos, como pensava outro pessimista brasileiro o João Guimarães Rosa "As pessoas não morrem, ficam encantadas".

Não vivemos a sorrir e a dançar deitados em berço esplendido, porém não abdicamos da alegria, de buscá-la, de tentar juntar razão, alegria, e beleza. Talvez, só encontramos razão na alegria. Essa é uma maneira de se saber sofrer. E a diferença entre o pessimismo da tradição e o do equivocionismo. E pra encerrar esses equívocos, relembro Henri Bergson "A vida sobe a ladeira que a matéria desce". Estamos vivos, então nada de ceder à tristeza da entropia universal, para a lógica da matéria, a vida é um absurdo, a matéria esfria e cai, a vida hesita, sobe, queima, incendeia. É claro que toda excitação tende ao repouso, que o orgânico tende ao inorgânico, porém, enquanto vivemos a embriagues da vida, não podemos despencar como matéria inerte, embriagado tudo gira. Se nada restar, quando a noite inevitável se aproxima, não vamos ficar mansinhos, como gatos castrados, diante da noite inevitável: Fúria!!!!!!

errare humanum est

Minha mente metafísica,
Parecia um policial,
Sempre buscando o culpado.

Lia errar é humano como condenação ao erro.

Depois de muitos inquéritos,
E de muita lógica aplicada.

Descubro na poesia,
Que o errar pode estar no sentido de vagar,
Sonhar, descobrir.

Ser humano é ser errante,
Não porque comete erros, crimes, pecados.
Mas errante por não ser planta,
Preso às raízes,
Ao chão de um passado ou de uma tradição.
Errante porque caminha, voa.

Errante navegador ao sabor dos ventos.

Estava na cozinha lavando uns pratos
E ouvi seu ronc ronc.
Mas você não está aqui,
Acho que foi a saudade.
Saudade também tem renite.

Estou tão vivo como a loucura,
Instavelmente vivo,
Impossivelmente vivo.

Alegre e triste,
Sentindo dor,
Sentindo prazer,
Sentindo,
O sem sentido de estar vivo.

MEU EU ATEU E DEUS

Deus para mim, não é uma aproximação, mas um afastamento. Quando falo Deus refiro-me ao mais afastado de mim. O infinitamente distante. Uma ausência absoluta. Não há nenhuma intimidade entre nós. Essa luta dramática resume todo meu sofrimento. Deus é o ultimo desespero, e o intransponível. Nele não reside conforto, mas dor. Deus em suma é o reconhecimento de minha existência miserável. Não um reconhecimento lógico e representacional, mas uma experiência de miséria, uma intimidade de miséria.

Deus? Como alguém pode falar de intimidade com ele, nessa época de egos sem indivíduos, de desejos sem subjetividade, de rostos sem faces?

EU PLANETA

Eu planeta, não só porque não sou uma estrela luminosa, mas principalmente por que não sou fixo, não sirvo de guia para navegadores, e meu movimento é errante. Para os gregos planetas eram os astros errantes, daí o esforço para conseguir estabelecer órbitas para eles. Sem luz própria, navego nas sombras, na perdição infinita do espaço sem pretender orbitar. Movimentos circulares me enjoam, e a linha reta é meu maior labirinto. Tudo que se segue é novo. E o passado, passado está. No meu movimento de linha reta o erro não pode ser corrigido, assim um erro só pode ser assumido, e é preciso a coragem de sucumbir com minhas escolhas. O ressentimento não me aparece parque ressentir é repetir e na minha decadência nada se repete. Apenas vou me contorcendo pelo peso dos pecados, essas torções dão minha estética e assim preciso criar novos critérios de beleza, como aquelas esculturas de metal torcido da arte moderna.

Eu planeta, sem órbita certa, em queda, cultivo cada dia como a dor mais perfumada em minha roseira de lagrimas. Os erros são sempre singulares, geralmente pequenos e espinhentos, às vezes, muito raramente, em um lance de muita sorte: um grande erro pra coroar a existência infame.

EXAME

Não tenho diabetes,
Nem pressão alta, ainda.

Não tenho câncer,
Nem doenças graves, ainda.

Uma gripe por ano,
Terrível pra minha renite,
A lombar às vezes me incomoda.

Mas minha alma,
Tem uma tristeza imensa,

Um desespero,
Que só passa com altas doses de angustia.

Isso não prejudica meu fígado,
Mas faz um mal danado a minha capacidade de acreditar em Papai Noel,
Fada Madrinha, alma do outro mundo, Socialismo, e outras bobagens.

Falar baixinho
Como a chuva fina
Que sussurra nos telhados
Segredos malignos.
E em cada flor intocada
Penetrar suavemente
Encharcando-as.
As que não despencam
Apodrecem

FASCISMO CUIDADO!

Aviso a meus amigos que o Fascismo é uma doença silenciosa, ela se instala quando uma pessoa cristaliza de forma absoluta a ideia de bem e mal. Além disso, ela traz para a vida doméstica, para seu cotidiano um tribunal de exceção. Lembrem como crianças nazistas entregavam seus pais para a Gestapo. Assim os fascistas fazem campanha difamatória contra amigos, colegas, professores e parentes. Vivem fazendo fogueira para queimar as bruxas. Pior que o ridículo deputado que dedicou o voto à ditadura militar e ao outro que cuspiu nele, pois esses se aproveitam dessas performances extremas para conquistar votos e construir suas carreiras, os doentes do fascismo apenas destroem pessoas, carregam um tribunal nas costas e julgam sem parar. Cuidado amigos, o remédio é o bom caráter, o bom humor e um pouco de inteligência para sacar sutilezas.

No mais Deus se ele existir que nos proteja!

Fé não é apenas aceitar o que não compreendemos, mas de rejeitar o que compreendemos. Rejeitar o que compreendemos, isso é a aceitação do absurdo, a vivencia da nossa insuficiência.

Fechado
Aberto
Entreaberto
Entrefechado

Porque entrefechado é igual a entreaberto?

Penso que sejam diferentes,
Entreaberto queria abrir?
Entrefechado queria fechar?
Ou seria o contrario?

FILHO E MÃE

"Fui atrás das origens, o que me afastou de todas as venerações. Tudo ao redor se tornou solitário e estranho para mim. Mas, por fim do seio do próprio real rebentou de novo o mistério da realidade e eis que me nasceu a árvore do futuro. Agora vivo sentado em sua sombra." Nietzsche

Quando um filho nasce,
Um homem sai de uma mulher,
Uma vida salta de um útero.

O limitado nasce do ilimitado,

Ele nasce tentando negar e esgotar tudo que o gera.

Pois ele foi gerado no ilimitado,
Sendo limitado, nega o que o gerou.

Nascemos da vida eterna vida,
Útero de mulher que gerou e vai gerar toda gente.

Um não-lugar,

Mas nós somos um limite,
Temos um lugar,
Por isso devemos encontrar a morte.

Para que o lugar volte a ser não-lugar.

Do não-lugar útero para um lugar corpo,
Depois o lugar corpo para o não-lugar morte.

Somos um finito entre infinitos.
Um curto caminho do ser para ele mesmo.

Útero é uma porta para a morte?
Morte é uma porta para útero?

Da noite da morte de onde tudo vem
E pra onde tudo retorna.

As pessoas começam o dia, ou tarde, ou mês, ou o ano, desejando sorte.

Eu desejo que cada início de minuto seja um princípio.

E assim meu primo,
Principio com você um diálogo,
No logos desse dia,
Achei o dia nesse logo.

E ainda não bebi nada.

Se útero é essa força que gera todos,
Ela precisa ser oculta.

O ilimitado é velado.

Os nossos órgãos genitais expostos,
Nada escondem,
São extensões do corpo, do limite,

Porém o útero é mistério,
Escuridão geradora,
Para ele é preciso mergulho.

É como se um rio tivesse terceira margem.

FOTOGRAFIA, PINTURA E BLUES

O que me chama a atenção em qualquer fotografia
é a música aprisionada ali.

Nas pinturas podemos ver a música vitrificada nos desenhos.

As artes visuais aprisionam a música em uma redoma de silêncio.

Mas as vibrações estremecem quem estiver atento:

Van Gogh tocando blues nos campos de girassóis
Matisse tocando violoncelo para uma mulher nua

Picasso e Dali tocavam tango em cores fortes.

Monet tocava sax sobre uma ponte,
Esparramando musica azul em vários tons.

Como não posso mais "ouvir estrelas"...
Afinal "Deus estar morto",

Ouço a música solida das casas dos homens

E o ruído da boca da morte mastigando minha vida.

Sedento fui jogado em uma praia deserta
Que chamamos de vida.
Essa sede encravada em minhas células gritava
Navegar, navegar, navegar.
Precisei cortar a coragem pra fazer um barco,
Uma vela rasgada
Fiz com a sorte e o azar,
Armado com os remos dor e esquecimento.

Atirei-me ao mar...

Que leva meu barco?

Medo?
Saudade?
Desespero?
Fúria?
Enganos?

Não posso levar muito peso,
Que faço com meu remorso?
Se pelo menos eu tivesse fé.
Ainda bem que a esperança aquela mentirosa
Afoguei na correnteza.
Não precisava de tralhas.

Muitas amizades e amores foi preciso assassinar,

Arranquei alguns dentes e muitos cabelos,
Apenas essa imensa sede
Não consigo matar.

JUDAS ISCARIOTES
(O DESESPERO HUMANO)
TRAIÇÃO, LOUCURA E SANTIDADE

Judas foi um dos 12 apóstolos de Jesus Cristo, que, de acordo com os Evangelhos, veio a ser o traidor que entregou Jesus Cristo aos seus capturadores por 30 moedas de prata.

O desespero é o único mal que não há cura, já afirmava Kierkegaard , essa doença da condição humana pode ser entendida como a inevitável condição de pecador, desespero e pecado são semelhantes. Sabemos do bem, mas escolhemos o mal, por sino e inclinação. Nesse ambiente do desespero, que é pessoal e intransferível, cada um tem o seu, o individuo é muito mais importante que o coletivo, ou o universal. No desespero somos só, como Judas na traição, na vergonha e na forca. Só em seu desespero esse é nosso existir. Esse mal é pior que a morte, pois para os cristãos há ressurreição e para os materialistas o fim da dor.

No desespero a agonia torna o tempo infinito e a dor insuportável, por isso Judas preferiu morrer. No desespero não há verdade universal, mas a verdade de cada um que agarrado ao seu erro, afundado em seu desespero, sofre sua particularíssima dor.

O poeta Fernando Pessoa afirma que "Amar é cansar-se de estar só: é uma covardia portanto, e uma traição a nós próprios (importa soberanamente que não amemos)". Judas traiu a quem ele mais amava, e condenou-se a solidão do desespero.

Traiu a si mesmo enforcando-se. Judas o traidor.

Judas não resistiu à tentação, foi fraco, e a fraqueza o acompanhou, depois de vender-se, não pode ficar com suas moedas ele se matou, Judas é um desesperado e seus gestos sempre foram para além de suas forças, amou demais, que não aguentou e traiu, que não aguentou e se matou.

Quando o desespero foi tremendo, Judas enlouqueceu, e sua tragédia está tão intrincada com os destinos dos homens, que penso ser Judas um santo, seu sacrifício foi tremendo, deu sua alma para que a profecia se cumprisse, um pecado contra Deus, só poderia ser pago, com um sacrifício de um Deus, o sague do Filho, lava nosso pecado contra o Pai e Judas foi a mão que conduziu esse sangue, ele foi o beijo, que condenou sua alma e nos deu uma saída do nosso desespero. Judas o desesperado, a síntese humana na semântica judaica. Judas é um Ulisses judeu. Segui uma trama maior que ele e morreu de certo modo, também pra nos salvar.

Assim nesse delírio junto pecado, desespero, loucura e santidade no acontecer de homem que sucumbiu com suas escolhas.

KANT E O LOBO

Quando Kant expulsou a metafísica da Filosofia a chicotadas,
Como J. Cristo fez com mercadores do templo,
Não imaginava que ela ira parar no cinema.

Ontem conheci a caixa.

Isolada do mundo como um conceito metafísico,
Cheia de refletores e espelhos,
Muito preparada para a reflexão,

Evidente.

O estúdio de cinema, a ilha de edição,
É a metafísica ressuscitada pela tecnologia.

Sem nenhuma preocupação com limites,
A experiência visada é a ilusão.

Lá, tornei-me vampiro verde,
Com olhos deformados e um imenso nariz.

Mas, ironicamente aquele nariz, feito de luz e sombras,
Não cheirava e não podia salvar-me dos delírios visuais da metafísica hitec.

Enquanto Sócrates tinha um daimon que lhe dizia não,
Meu caçador coletor uiva como um lobo,
Lembrando-me do céu estrelado e da brisa livre das pradarias.

O cheiro do mato e da terra molhada,
O estrondo das ondas na praia,
Espalhando o gosto salgado no ar.
Ele me convida para um pensamento selvagem...

Lá vem o amor
Sestroso
E
Absoluto.

Nenhum beijo basta
E todos são eternos.

Lá vem o amor
Não cabe em nenhuma arquitetura,
Mas se aninha em um único suspiro.

Isso deve ser poesia,
Isso é um absurdo,
Porque não podemos dizer lá vem o amor,
Ninguém o avista,
Sempre ataca de emboscada
E
Quando dizemos lá vem o amor,
Ele já tomou posse.

SOMBRAS

Sombra e clareira

Ando com cuidado
Mesmo quando a estrada é clara, clareira,
Ao redor o mato escuro.

Lá no escuro o leão descansa,
Espreita,
E a qualquer hora
Pode saltar em minha garganta.

Ele se alimenta de carne e ossos,
Eu sou seu jantar ambulante.

Não posso deixar de trilhar esse caminho perigoso?

O leão mora na sombra,

Na sombra do mundo,
Na sombra da história...

Mora também dentro de mim.

Dentro de mim o sol não alcança,
E o leão do acaso, na sombra descansa.

O planeta gira como uma roleta,
A sorte teima em virar azar.

E o leão assume varias formas.

O avião pode cair,
O carro faltar o freio,
Estourar uma guerra,
Sobrar na testa a bala do assalto.

O medico passar o remédio errado,
O câncer morder no lugar mortal,
O infarto ser como garras no coração,
A comida que desfruto agora pode ser veneno,
O leão pode arrancar meu juízo,
Ou pior,
Meu amor.

Minha vergonha.

O
Leão
É
Inevitável

Se alucinado desviar da trilha?
Se embrenhar no escuro da mata ao redor?

No escuro além do leão que salta como um raio na clareira,
Pois meu caminho, para ele é território de caça,
Mora escorpiões, cascavéis e espinhos, muitos espinhos.

Apenas encontrarei dor e mais dor.

Assustado,
Solitário,
Na trilha dessa clareira,
Apenas o medo me acompanha como leopardo.

MÃE

Mãe, todas as mães...
Sem os preconceitos da psicanálise,
Sem a devoção dos cristãos.

Ela é um livro místico,
Sagrada,
Poucos sabem lê-la.

Uns se matam de amores,
Para depois a matarem de ódios.

Sem ciúmes, sem apegos,
Mãe tu és a passagem para as aventuras do mistério.

Não te quero santa, pois não nasci para ser crucificado.
Não te quero sex, pois não nasci pra ser psicanalisado.
Não te quero mãe porque já nasci...

Apenas te amo na distância do mistério,
Na confiança de que és mistério,
Logo,
Incompreensível.

PAI

Pai, apenas o meu,
Nada sei sobre os outros pais, nem sobre o Pai de todos.

Meu pai,
Aquele que por muito tempo suportou a culpa de minhas mazelas.

Aquém busquei me diferenciar,
E na velhice reconheço ter repetido todos os seus erros.

Pai deverias se chamar fôrma,

Obrigatoriedade.

Mandamento que cumpri às cegas, pensando desobedece-lo.

Tirano amoroso,
Que julguei relapso.

Sou teu filho ingrato,
Refestelando-se nas bodas prodigas que preparastes para mim.

CONFISSÕES

Sempre escolhi o verso pra esconder meu medo da gramática
No verso minha dificuldade com a língua era disfarçada
Mas depois descobri que o verso exigia criatividade
Técnica, ritmo, inspiração e erudição.

Corri para a Filosofia,
Mas a Filosofia me exigia tudo que não podia dar,
A Filosofia exigia intuição e rigor.

Então procuro fazer uma Filosofia em verso
Pra vê se escondo minha fragilidade.

O Nietzsche dizia que o filósofo morava numa montanha
Vizinho de outra que morava o poeta.

Eu moro no vale
Comum entre os homens do vale.

Entre as montanhas
Espero às vezes encontrar na feira o Manoel Bandeira
Ou o Schopenhauer ou o Platão ensinando aos seus discípulos.

Quando o poeta me pergunta sobre meus versos
Digo-lhe que não é poesia, é Filosofia.
Quando o filósofo me pergunta pela Filosofia
Digo que é poesia
E assim remendo meus dias
Tecendo sentimentos estranhos
Alinhavo um inútil remorso
A uma imensa covardia.
Costuro minha vaidade
À minha hipocrisia.

No final componho meu ódio
Ódio dos poetas
Ódio dos filósofos
Ódio de primeira
Forrado e enfeitado

Para vestir minha inveja.

Assim meu inventário é de problemas mal colocados
E poemas mal construídos.

A ORAÇÃO DO TRÁGICO

O que acontecerá comigo quanto comprar o mais novo celular?
O que acontecerá quando possuir todos os canais de TV pública e privada?

O que será que farei quando visitar todos os pontos turísticos do mundo?
Quando me cansar de psicanálise?
Quando esgotar todas as religiões?

E não restar mais fantasias sexuais?
Quando meu carro for sob encomenda?
Quando tiver barco, helicóptero, e sorriso branqueado?

Que farei quando a ressaca for cotidiana?
Que fazer quando ninguém me amar e não amar mais ninguém?
Que fazer quando nem mesmo ódio restar?

Que farei depois do velório e funeral de Deus?

Não saberei mais o que é superior, nem inferior.
Não saberei o que é bem nem mal.
Não existirá alto, nem baixo, nem fundo,

Tudo será abismo...

E as cinzas de Deus cobrirão minha cabeça,

E o tédio perderá seu bocejo,
As forças se anulam na horizontalidade morna e democrática.

E o último homem invejará as lesmas.

I

Na oficina do filósofo
Ele cria artefatos,
Objetos tão complexos
Que nem têm utilidade.

O objeto preferido pelo filosofo é o problema,
Ele passa anos tentando criar um problema
Até que no seu projeto de perguntas ele consegue
Colocar a primeira questão.

Ela a questão nunca é facilmente traduzível
Ela é concreta para o filosofo
Ela compõe a forma do objeto problema.

MITOLOGIA GREGA E MEUS ASSOMBROS

Por que os presentes dos deuses sempre são também uma maldição??? Veja o pobre e rico rei Midas, seu toque ouro e não podia abraçar ninguém.

Será que os dons e os dotes de nascença são assim, será que a beleza, a força e a inteligência são como o toque de Midas. Menina tua beleza é uma condenação!!!!

Se eu não tivesse tanta saúde, talvez teria mais moral...

Inventei uma equação $M = 1\backslash S$, onde M é moral, e S saúde. O que quer dizer que quanto mais saúde, menos moral. À medida que a saúde diminui, a moral cresce.

Penso que o Minotauro era o mesmo Teseu, todo homem carrega em seus labirintos um devorador de virgens. Sua namorada logo exige, como Ariadine que ele mate o Minotauro, quando ele mata, a abandona na primeira ilha deserta. Lógico, não o pricipe que queria Ariadine, era o lado Minotauro. Namoradas não pessam a seu Teseu que mate o Minotauro, seu destino de Ariadine é ser devorada pelo monstro. Queridas amem o Minotauro, o príncipe de Atenas não tá com nada.

Perseu cortou a cabeça da Medusa, usou seu escudo como espelho, pois ninguém podia olhar o monstro diretamente, ou virava estátua de pedra. Nosso espelho é o olho do amigo. Ele que pode revelar o monstro que somos, o monstro que não podemos olhar diretamente, é preciso o espelho, o olho do outro que diga onde estar o monstro, então você poderá lhe cortar a cabeça ou apenas mantê-lo sob vigilância.

Sisifo em seu círculo eterno, parece a humanidade caminhando, da fome para a brutalidade, da brutalidade para a fome.

Progresso e Justiça

Em Filosofia nos espantamos com o cotidiano, com o simples fato de existirmos, mas a imprensa faz alarido criando notícias alarmantes, para quem não tem memória. Terror, fome e brutalidade fazem parte de nossa rotina. Agora estar na moda falar do assassinato dos cartunistas franceses.

A utopia iluminista de progresso recebe mais um golpe. Fanatismo, xenofobia e intolerância. A humanidade caminha em círculo, não existe progresso, a história se sustenta em duas asas, a fome e brutalidade, enquanto nossa existência particular voa do equivoco para o ridículo. Assim na historia ressente, arianos matam judeus, judeus matam palestinos, terroristas matam com bomba, policiais e exércitos matam terroristas, o povo lincha ladrão, quebra vitrine, entra em movimentos, sai de partidos, corações partidos. E nada. O primata, macho alfa, que quer comer todas e comer do bom e do melhor clama em nosso DNA. Assassinos, animal de caça, isso é que somos, com boas ou más desculpas, sempre encontramos um jeito de assassinar nossos adversários.

E a melhor desculpa é a luta por um mundo melhor. Morro de medo dos que querem um mundo melhor, minha vidinha nada vale para eles. Vejam os iluministas na Revolução Francesa, estupraram, roubaram a propriedade alheia, guilhotinaram e ainda sustentaram um belo Slogan "Liberdade! Igualdade! Fraternidade!

Ainda encontram gente que acredita nessa conversa mole. Mais sábios são os medievais que rezavam: "Os degradados filhos de Eva, gemendo e chorando nesse vale de lágrimas!".

Os historicistas que me perdoem, mas fome e brutalidade nos acompanham desde a priméva, ou vocês ainda acreditam naquela estorinha do bom selvagem? Ou do Papai Noel?

O espantoso é esse circulo monótono, movimento revolucionário se torna regime opressor. Turma A e turma B disputando para ver quem dar a melhor desculpa em matar seus opositores, uns matam pela Liberdade, outros pela Igualdade, outros por Deus, ah! Bom mesmo é no Velho Testamento, onde Deus matava por ele mesmo.

Agora os que amam a humanidade ou lutam contra a opressão matam em nome da Justiça. Justiça essa é a palavra mais sanguinária que conheço. Justiça é uma palavra vampira, tem sede de sangue.

Os terroristas terroristam por justiça, os contra-terroristas contra-terroristam por justiça, o assaltante assalta por justiça-social e por justiça muitos morrem pelas balas da polícia, eta! palavra sangue suga. Quando ouvir a palavra justiça sai correndo, vai sobrar pra alguém.

P.S.

Explicações sobre como nossa existência voa do equivoco para o ridículo: Essa explicação tem inspiração Nelsonrodriguiana. Pensem em um marido traído, ele é corno mais não sabe, nada sabe de sua mulher, ele vive no equivoco. Ai um belo dia ele descobre ela na cama, com o outro, de repente ele salta do equívoco para a verdade ridícula de ser corno. Então em tudo é assim, ou estamos equivocados, ou estamos no ridículo. Será que este meu texto está no equivoco ou no ridículo?

Saudações pessimistas!!!

FOTOGRAFIA, PINTURA E BLUES

O que me chama a atenção em qualquer fotografia é a música aprisionada ali.

Nas pinturas podemos ver a música vitrificada nos desenhos.

As artes visuais aprisionam a música em uma redoma de silêncio.

Mas as vibrações estremecem a quem estiver atento.

Van Gogh tocando blues nos campos de girassóis
Matisse tocando violoncelo para uma mulher nua

Picasso e Dali tocavam tango em cores fortes.

Monet tocava sax sobre uma ponte,
Esparramando musica azul em vários tons.

Como não posso mais "ouvir estrelas"...
Afinal "Deus estar morto",

Ouço a música solida dos homens.

LUA CHEIA

Ela desliza pela casa em movimentos felinos, força e beleza opõem-se em completa harmonia. Ela exala cheiros, deixando marcas em seu território, apossa-se de meu coração sem piedade. A beleza desconhece a humildade, sua única virtude é a energia, energia e suavidade equilibram sua elegância, mas ataca como uma bárbara, uma valquíria.

MARIA LINDA

Presença feminina no sagrado.
Ao ouvir Schubert,
Percebo a tremenda força estética,
Erótica, sensual, acolhedora de uma deusa.

O mistério do mistério,
O feminino de onde nascemos,
Pra onde somos impelidos na força insana da vida.
E esse querer e mais querer insaciável,
Em Maria é domado em envolvimento doce.

"Faça-se em mim, segundo sua vontade",
É a compreensão plena do masculino incompleto.
Que busca ao menos ter vontade
Nesse mar tempestuoso de afetos.

Maria põe-se serva para reinar.

As "escoladas" que me perdoem,
Mas,
Nenhum homem resiste a uma santinha,
Santinha de verdade.
E diante de sua inocência e entrega,

Nos pomos de joelhos.

MARINA

É como aqueles dias de sol especiais,
Aqueles que iniciam a primavera depois de invernos rigorosos.
Anunciados pela meteorologia,
Desejados por todas as esferas do planeta.

Marina
É como herdeira de um reino,
Além de carregar o peso de seu próprio corpo,
Trás a gravidade de uma nação,
A responsabilidade de uma rainha,
Ela trás nas mãos o coração da mãe, do pai,
E dois velhos corações cansados.
Além de inúmeros ouros súditos.

Marina
Não é fácil vir ao mundo com tanta responsabilidade.

Mas com tempo ela vai aprender,
Que basta seu pequeno coração bater,
Seu hálito de criança misturar o ar,
Seu chorinho miúdo no silencio dos ouvidos,
O brilho infantil de seus olhos,
E o balançar de suas pequenas pernas,
Pra encher de alegria essa fanática torcida
Marinense.

A maré tá baixa, o sol bonito e a cada minuto,
Marina vem engatinhando,
Tomando posse,
De nosso amor.

Os acadêmicos e estudiosos de literatura que me perdoem, mas

Esse poema não quer dizer nada.
Nem dizer que não quer dizer nada, nem pedir perdão.
Eu, que o profano com essas intenções.
Esse poema brilha branco,
Na nuvem branca,
Do dia branco.

Cuidado historiadores ele não é uma bandeira de paz,
Nem acredita em seitas energéticas.

Poema sem etnia,
Vira lata como eu.

Branco porque sem palavras como representação,
Palavras apenas como som,
Como musica,
Melhor ainda, como paradinha de escola de samba.

Ele não fala
Quase queima.

Ele não explica
Quase corta.

Ele não protesta
Quase fura.

Ele não respira
Nem sangra.

É apenas um poema
Quase mudo
Estático
No silêncio do espanto.

A História protetora da Antiguidade fica chamando-a de Clássica.

Na Moderna há as Luzes.
Depois tudo é Contemporâneo.
Já A Idade Média é trevas.
Puro preconceito.
Agostinho, Anselmo, Abelardo, São Tomás e tantos outros.
Pra que mais luz.
Por simpatia e cuidado, escolhi ser medieval.
O medievalismo com seu mistério, sua fé,
Sua mística.
Salve a Idade Média!
Os modernos queimaram gente nas fogueiras e nós é que somos trevas.
Os antigos crucificaram um Deus e nós é que somos trevas.
Os contemporâneos explodiram Hiroxima e nós é que somos trevas.
Talvez trevas seja elogio.
Talvez trevas por não ardermos no fogo da intolerância.
Realmente nesses tempos flácidos...
Não está ao gosto o medievalismo.
Idade Média,
Idade da virtu,
Da firmeza,
Da coragem,
Da virilidade.

MEDIEVAL

Sou medieval, sobrinho de sir Edvaldo cavaleiro de inúmeras cruzadas, vencedor de desafios e conquistador de corações, filho de sir Angivaldo cantador de trovas e martelos sob as janelas de lindas donzelas. Sou Ginaldo D'elamancha, cavaleiro sem escudeiro, diferente de meus antepassados só tenho olhos para minha Rita Dulcineia, mulher de toda uma vida, não possuo terras, mas sou senhor proprietário de todas as nuvens do céu, isso me imputa nobreza, distinção e fidalguia. Vejo com desdém essa geração moderna de dengosos, onde tudo incomoda, e vão choramingar no Ministério Publico ou nos meios de comunicação. Normatizaram todas as ações, e nada acontece com o coração ou consciência, apenas agem conforme a lei. Se faltar o sinal do celular eles se suicidam, imagine se faltasse luz elétrica? Só tomam banho morno. Possuem uma coisa chamada autoestima, que para mim soa como masturbação, eu por exemplo não tenho isso, estimo muito a minha mulher, mas não a mim mesmo, penso que autoestima é invenção das mulheres para competir com o pênis, tendo auto estima elas também tem algo que sobe e desce, homem com auto estima é demais.

Vivemos um tempo de gelatinosos narcisistas. Virtude deriva de virtus, firmeza, coisa que essa turma só consegue com Viágra. Uns bebês chorões, sem honra e sem palavra. Nunca são responsáveis pelos próprios atos, são todos vítimas da sociedade, da etnia, da má sorte, nunca estão em um lugar por suas escolhas. Um velho cavaleiro francês, sir Jean Paul Sartre já dizia, "Sou o que faço, com o que fizeram de mim." Para isso é preciso coragem, para ser livre é preciso coragem e responsabilidade, quem não é responsável, não é livre. Entendo que é preciso coragem e um certo medievalismo, onde muitas questões se resolvia no machado e na espada, seria muito bom. Valei-me São Jorge! KKKKKK!

MESTIÇAGEM

Não conheço as formas puras,
Nem os puros sentimentos,
Nem a palavra certa,
Nem a dúvida metódica.
Até mesmo a loucura trás um pouco de sanidade.

Meu desejo sempre vem acompanhado de medos,
Minha razão é toda sentimental,
Meu ódio me aparece calculado,
E o método improvisado.

Todas as minhas duvidas se apaixonam por certezas,
E a poesia
Mesmo vadia,
Vem em prontidão,
Sentimentos pensados,
Pensamentos sentidos.

Tudo meio sujo,
Tudo misturado.

MINHA FOLHA DE PARREIRA

Cansado da baixeza do debate político e chatice do debate ideológico em todas as suas matizes, gênero, racial, religioso, prefiro nesse final de ano discutir teologia. Claro que sou ateu, por isso teólogo, quem tem fé não precisa desses artifícios. Então vou usar categorias teológicas para pensar minha vida cotidiana, em um pequeno esforço ético.

Consta na historia de Adão e Eva que ao pecar contra Deus Adão procurou se esconder, esconder suas vergonhas em uma folha de parreira.

Diante de mim, vejo a tela do computador onde escrevo, antes era uma folha de papel na máquina, e essa pagina em branco pode ser um simulacro da folha, apenas sei que aqui escrevo para esconder-me, como Adão no inicio dos tempos. Genuíno filho de Adão, ou melhor, filho do pecado, escondo minhas vergonhas no discurso. Parece que a grande vergonha não é ter provado o fruto proibido, nem mesmo a desobediência, mas o orgulho, talvez a vergonha seja a consciência do orgulho, Adão pensou poder ser igual a Deus, conheço muitos assim na vida acadêmica.

O orgulho é uma superestimação de si mesmo, é pensar ser mais do que é de fato, erro comum entre os homens, porém muito difícil sua consciência. O orgulhoso segue crente de si, como um tolo, confia em si mesmo, e não tem vergonha disso. Mas o consciente de sua tolice se envergonha e precisa de uma folha de parreira, de um discurso para se esconder de Deus. O filósofo Emmanuel Levinas entendia a nudez da face do outro como revelação, a face do outro seria a face de Deus, assim falamos para não estar de face nua, nem diante da face nua do outro, falamos para esconder nossa vergonha.

Fecho aqui minha folha de parreira pedindo desculpas aos meus amigos pelos atropelos do ano. No fundo sou apenas mais um tolo nesse vale de lágrimas. Como não tenho fé e penso que a esperança seja uma velha cega e mentirosa não espero um ano novo melhor, nem penso que vestindo branco vou atrair boas energias. Mas, como bom baiano, irei à praia e tomarei um pileque. Saravá!

Minha história não garante nada
Eu respiro.
Se respiro sempre faço novas histórias.
Defuntos mal informados não se contradizem,
Múmias são coerentes,
Múmias são apenas história.
Eu respiro!

Que o meu suspiro de agora,
seja como o ultimo suspiro,
que eu morra para o que passou.

Que todo passado morra diante da coragem e da alegria de respirar.

Minha memória está em minha pele,
Ela adora morder e arranhar deixando cicatrizes.
Fizemos um acordo,
Ela me fere, eu cicatrizo.
Basta olhar no espelho que vejo as rugas e marcas de minha memória.

Mas, meu esquecimento é profundo,
Ele é recalcado, calcificado no meu esqueleto.
Por baixo de toda carne e sangue,
Abaixo dos nervos.

Então as coisas mais bobas estão na memória,
Mas, aquilo mesmo que importa no esquecimento,
Pois na memória está o que não me mata, eu convivo com ela.
Porém, no esquecimento está aquilo que é mais do eu, aquilo que não aguento.
Para lembrar do meu esquecimento
Somente fratura exposta,
Dor profunda,
Trauma mesmo.

Amigo muito cuidado com o que você esquece,
Porque esquecimento é cálcio,
E nos acompanha no silencio dos ossos.

MÍSTICO ATEU

Místico ateu é categoria absurda, criei-a depois de muito conversar com amigos, colegas e alunos sobre Deus. Geralmente os teístas não levam Deus muito a sério. Geralmente, repito, pois existem raras exceções, os teístas usam Deus no cotidiano, usam como a qualquer utensilio, como usam desodorante. Deus dá força, Deus dá saúde, Deus dá dinheiro, Deus dá amor, Deus dá....., mas se alguém busca entender essa ideia Deus, fogem repetindo afirmações categóricas como um mantra, Deus é pai, Deus é poder, Deus é amor, e assim vai.

Os ateus por outro lado, na sua maioria precisam entender aquilo que negam, e construir bons argumentos, para convencerem a eles mesmos, de que essa poderosa ideia não existe, ou melhor, não é. Por que Deus não existe, isso é fato. Se ele é onipresente, onipotente e onisciente, não caberia dentro da categoria existência, pois o que existe tem inicio e fim, está no tempo e no espaço, eu existo e o teclado à minha frente também, somos filhos do tempo e nele sucumbiremos, mas Deus está fora do tempo, acima dele, ele é eterno, logo Deus não existe, Deus é. Pelo menos enquanto ideia.

Então os ateus levam Deus muito a sério, debatem suas possibilidades e sem perceber enchem de Deus sua vida e suas preocupações. Em fim concluir que todo ateu é um místico, porque eles tornam-se Deus, se lançam na solidão do mundo entregues a eles mesmos, sustentam uma moralidade na própria coluna vertebral, aguentam solitários as dores e a certeza da morte, não pedem ajuda a ninguém e ainda conseguem sorrir. Todo ateu é um místico, eles levam Deus tão a sério, que não enxergam nenhuma religião digna de reverencia, eles são talvez aquilo que os teístas deveriam ser.

O ateísmo é a crença mais verdadeira e desinteressada que conheço. A todo ateu, bom domingo, axé!

MONOTEÍSMO

O monoteísmo em mim é uma religião ascética e pessoal, é uma tentativa de reduzir ao essencial as palavras e as convicções, encontrando na ausência, no asceticismo o significado maior, pois quem venera muitos deuses não venera deus algum.

MORANGOS

Uma professora de português perguntou ao poeta,
E o poema como nasceu?

O poeta todo embaraçado,
Tentou enganar filosoficamente a origem do poema.

Como é difícil falar do que não se sabe.

Depois na noite a poesia veio soprar em seu ouvido,
Os poemas nascem como morangos,
Embaixo das folhagens.
É preciso todos os dias suspender as folhas,
Para ver se tem algum maduro,

Se não eles apodrecem.

MORRER NO CARNAVAL

Na década de setenta escrevi um poema que dizia querer morrer no carnaval,
Não sabia na ignorância da juventude que era uma profecia.

Quando meu primo me abraçou,
Foi como se meu tio me abraçasse,
Muito mais,
Foi como se meu pai me abraçasse,
Muito mais,
Foi como se minha avó me abraçasse,
Toda a ancestralidade,
Os Farias circulavam aqueles braços longos,
E seu peito batia Farias, Farias, Farias.
Romana, Totônho, Chiquinho, Zé Domingos, todos ali naquele abraço.
Só não sabia se aquele abraço era de acolhimento ou despedida?????

Depois na saída, na frente da casa passou um enterro,
Em pleno carnaval um enterro,
Meu enterro?????
Ninguém chorava,
Todos sorriam e conversavam.

Então entendi a solidão de meu coração,
A ausência de pertencimentos,
Há muito não sou preto, nem sou branco.
Há muito não sou cristão, nem ateu.
Há muito não sou brasileiro, nem baiano,
Há muito sou estrangeiro,
Extraterrestre.

E agora ali no carnaval morria o Farias.
Morria com muita alegria,

Agora nu,
A nada pertenço,

Sem pátria e sem berço.

Voltei pela estrada, na companhia de Rita, cantando Jota Quest:
"Dor eu não te escuto mais, você não me leva a nada.
Medo eu não te escuto mais, você não me leva a nada.
E se quiser saber pra onde eu vou,
Aonde tenha sol,
É pra lá que eu vou."

Morte

A morte é certa, não adianta lutar.
Melhor seria não ter nascido,
Digo baixinho apenas eu posso ouvir.

Quem fala para si mesmo,
Fala com um tolo.

Não entre calmamente na noite que nos assombra,
Enfureça-se contra a luz que enfraquece.

O filosofo Wittgenstein dizia que se não tem nada a dizer, melhor calar. Porém os poetas se permitem falar besteiras e mentir um pouquinho.

As mulheres o maior de todos os mistérios. Um ser que fala, ama, pensa e não é outro. Lindas. Saímos de dentro de uma mulher, mas nada sabemos delas. Saímos do mistério. Nada pode nos dar tanto prazer e também nos fazer sofrer com tamanha intensidade.

MUSICOLOGIA

O Jazz me nutre, mas só o samba me cura.
A música clássica assombra e excita,

A popular, os blues, me apaixonam.

Mas quando me apequeno,
Quando uma sombra cobre meu coração em tristeza,

Quando o mundo ameaça e faltam forças,
Apenas o rufar do tambor,
Apenas o samba,
Arranca da dor mais profunda,
Da tristeza mais intensa,
Uma inusitada alegria,

Oh! samba, o samba, o samba,
Pharmaco divino.
Sou teu filho.

Na oficina do filosofo
Ele criar artefatos,
Objetos tão complexos
Que nem tem utilidade.

O objeto preferido pelo filosofo é o problema,
Ele passa anos tentando criar um problema
Até que no seu projeto de perguntas ele consegue
Colocar a primeira questão.

Ela a questão nunca é facilmente traduzível
Ela é concreta para o filosofo
Ela compõe a forma do objeto problema.

Não dê atenção ao espelho meu amor,
Ele é cruel, invejoso e não pode ver a real beleza, escondida em suas rugas.
Olhe-se em meu coração,
Nele, estarás sempre esplendorosa.

Acolha-se em mim,
Pois o tempo se aliou com a ruina,
Abraçados atravessaremos essa terra devastada.

Não há uma grande música
Nossos ouvidos se enganam
Juntando barulhos
E fazendo canções momentâneas.

Não somos membros de uma grande orquestra,
Somos explosões ao acaso,
Desconectas e caóticas.

A libélula vive vinte quatro horas,
E nela habitam microrganismos que vivem muito menos.
Para ela somos deuses imortais.

Será se somos parasitas de uma imensa libélula que chamamos universo,
Talvez, deveríamos chama-la efémera.

Nascemos selvagens
Nus e cobertos de sangue
Aos berros.

Nascemos inteiros.

A educação,
Ou o processo civilizatório,
Vai cortando os pedaços,
Vai lesionando,
Vai criando aleijões.

Assim adultos e adestrados,
Caminhamos tortos, pensando que somos o que nos ensinaram.

Enquanto o selvagem dorme no sonho inconsciente da cultura

E de vez em quando se mostra de súbito inteiro
Subvertendo tudo que estava torto,
Contrariando toda a moral,

Assustando.

Depois se esconde em uma culpa,

Como bicho em sua toca, nas sombras, aguardando o próximo bote.

NEM TUDO SÃO FLORES NO JARDIM DA INFÂNCIA

As crianças devem desde cedo aprender o sentido do mal, para não se arrependerem amargamente na idade adulta. Mal aqui, para os críticos da moral, tem o sentido de tudo que impede o gozo, o fluir espontâneo da vida em expansão.

Bernardo adora jogar bola e adora a turma do baba. Quando está no campo esquece o passar das horas, joga até anoitecer, não há cansaço, nem fome, nem churrasco de tio Beto, nem dor, tudo é alegria jogando futebol. Cair, ralar, perder, ganhar, tudo faz parte do frenesi das potencias orgânicas infantis, onde a vida está em abundancia.

Mas mesmo ai é hora de aprender o sentido do mal.

Perto do campo mora um casal de idosos, que odeiam o futebol na quadra, xingam as crianças, jogam vidros na quadra pra impedir o jogo.

Queixam-se aos pais dos garotos, inventam estórias e calunias. E o que é pior. Toda vez que a bola cai na casa dos velhos, eles furam a bola. Mesmo com todo esforço de não chutar naquela direção, o calor da luta pela bola e pelo gol faz esquecer o perigo e de vez em quando é preciso comprar nova bola.

Bernardo com sua vocação de poeta e filósofo do futebol, batizou o fato. Quando a bola cai na casa dos velhos ele grita enfático: - goool, goool do inferno!

Assim Bernardo deu sentido ao mal, e (re)significou, deu um certo humor e sabedoria trágica, ninguém quer fazer um **gol do inferno**, mas ele entra nas contas e estórias heróicas da tragédia de ser criança:- quantos gols do inferno você já fez?-hoje bate o Record de gols do inferno, furei três bolas.- Eh! Gol do inferno é pior que tomar chapéu, banho de cuia, caneta e sofrer gol de placa.

A CALMA

Neste mundo agitado,
Que agita-se sem parar,
O valor é estar ligado,
Nada vale desligar.

Pobre daquele poeta pensador,
Não entende de dinheiro,
Nem entende de amor.

Na quietude das pedras,
No lento escorrer do orvalho,
Na plena inutilidade da preguiça.

Fica com a mão na agua,
Esperando o milagre da quietude.

Olhando pra você bem de perto
Sem tocá-la escuto o som do ar por seu pulmão,
Entre nós, forma-se um campo elétrico.

Sem a pressa do toque espero,
Até que a força atrai-me pra você.
Não há toque, nós nos misturamos.

Atravesso seu corpo
Simpatizo com sua duração
Meu pulso no seu coração,
Seu suor na minha face.

Depois do silencio,
A calma
De um leve sorriso molhado em sua lágrima.

No aeroporto esperando o voo para Conquista. Vai vem sem parar. Não sei onde é minha casa. Talvez seja em um avião. Por isso sou fazendeiro de nuvens. Quando você ver alguma já sabe. Ela me pertence. São difíceis e fugidias. Mas garantem a mim nobreza e fidalguia. Assim vou daqui a pouco olhar de perto meu rebanho que voa sem asas ao sabor do vento. Um dia talvez eu vire nuvem e chore por aí nos telhados de alguma aldeia. Ou quem sabe em seu guarda chuva. Quem sabe molhe seus cabelos com minha saudade.

NO TEMPO DA GRAPETTE

Naquele tempo o menino com olhos medrosos, levava grapette na merendeira para a escola de profa. Clara no Acupe de Brotas. O cheiro de grapette inundava a cantina, o intervalo, a sala de aula e os sonhos do menino. Tudo tinha cor de suco de uva, cheiro de grapette e gosto de remédio.

NOVO RELÓGIO

Resolvi contar o tempo
Em respirações.

Inspiro e expiro
Cada mudança
De uma única vida.

Um mesmo pulmão
Viaja de cheio a vazio.

Passado e futuro
São abstratos demais.

Segundo, minutos e horas
Apenas representações absurdas.

Agora meus dias são uma calamidade,
Às vezes, ofegante, vivo cheio e vazio desembestado.
Noutras vivo lentas respirações preguiçosas.

Essa maneira de contar
É uma conta diferente,
Nela pouco importa as quantidades.

O bom mesmo é esvaziar o peito de ar completamente
E depois enchê-lo de novo até a tampa.
Sem economias.

Sujeito abobado
Sempre prestei mais atenção ao relógio
Que ao meu pulmão.

E agora de vez em quando posso parar o tempo,
Prendo a respiração
E escuto meu coração batendo em tempo nenhum.
Em um lugar que sufoca, por isso é tão breve,
Tão breve,
Que chamamos eternidade.

NUM CANTINHO NUMA CERTA FACULDADE

Existe um certo grupinho de "pesquisa" que erotizam a Revolução Francesa e o fetiche de qualquer movimento social, não sabendo eles que as revoluções violentas só servem para matar inimigos com desculpas metafísicas tipo "por um mundo melhor", ou para enriquecer seus lideres corruptos com cínica desculpa de em "favor dos mais pobres".

Esses grupinhos gozam com palavras de ordem e citações de São Marx. Imprimem uma guerra santa contra seus inimigos, que defendem a lógica do capital, mas no fundo estão visando cargos e benefícios para suas carreiras.

O Pior! Chamam isso de pesquisa científica.

Em uma cena alucinante
O coração vai do amor desinteressado á canalhice despudorada.
Sexo e amor,
Amor e sexo.
Amor
Sexo
Poder juntar no mesmo ato
Esse teatro de loucuras.

Então ainda como um menino não sabes a diferença?
Amor?
Sexo?

Nuvens flutuam em silencio,
Talvez se falacem não poderiam voar.
Mais pesadas que as pedras,
As palavras,
São atiradas sem dó sobre a humanidade.

Quanto mais palavras carregamos,
Mais pesados ficamos.

O Bandeira viu o Facebook,
Os poetas anteveem,
O Bandeira viu o Facebook,
Como não sabia que nome teria
Ele apenas o descreveu
Em seu poema "Paisagem noturna"
Último verso:
"Anima e transfigura a solidão cheia de vozes..."

O CÃO, O RATO E A SUSTENTABILIDADE

O cão tinha uma casinha de cachorro, tinha um prato para ração. O rato comia a ração do cão, principalmente no estoque, pois ele furava o saco de ração no armário. Um dia um inseto cientista, penso que ele era sociólogo, foi fazer uma pesquisa de opinião para apurar uns dados ou populacional ou social sei lá essas coisas de sociólogo.

Em fim o inseto sociólogo perguntou ao rato se ele tinha alguma queixa, ele falou que era muito ruim sustentar um cão tão grande, que o cão comia muito e coisa e tal. O rato que vivia das migalhas do cão pensava que o sustentava.

- Às vezes quem você sustenta, é quem lhe sustenta.
- Quem será que sustenta a sustentabilidade?

O CONCEITO NO EQUIVOCIONISMO

Os princípios da lógica formal se referem ao juízo, pois entende-se que o conceito ou ideia não possui valor lógico. Porém uma ideia como o nome indica já afirma uma forma. (A extensão possui largura e comprimento, e a compreensão dá a ideia de profundidade, pois o conceito é um saco, um bolso, onde pomos o que queremos).

O ERRO DE GALILEU

A noite não é resultado da rotação da terra,
Ela é o medo que escondemos no coração,
Que escapa e encobre tudo,
Dando cores dramáticas ao que apenas era leve ameaça.

O LIVRO DOS SEGREDOS

Uma vez o deus da consciência, reuniu em um livro todos os segredos do mundo, ou o segredo de todo mundo. Esse livro tornou-se o alvo de todos que queriam o poder e como poder é alvo de todos, a busca por esse livro tornou-se frenética, mas quando alguém tinha acesso ao livro desistia de ficar com ele e caia em imensa tristeza e solidão. O livro era magico e o primeiro segredo a ser lido era o da pessoa que o possuía, e ninguém aguenta ver seus segredos, aqueles que são segredos até para nós, aqueles segredos que não podemos saber, nossa real face sem mascaras.

O MEDO DA PALAVRA

Medo,
Uma palavra treme,
O temor é insuportável.

O medo que ela carrega no ventre é um abismo
Onde jogamos os sentidos que lhe damos.

A pobre palavra sabe seu destino miserável,
Perdida em um texto,
Associada a outras solitárias,
Somente acumulam fracasso,
Pois os abismos se somam.

O grande outro o texto,
As submete ao nada.

Franco e vazio,
Inexistente sem elas,
Tirano vaidoso,
Espalha sua miséria.

Mesmo a palavra firme hesita.

E como um louco
O poeta inverte seu destino,
Dedicando o texto,
Não as palavras,
Mas a seu medo-abismo.
Tremendo o texto do poeta bambeia,
Para deixar emergir,
Essa triste realidade,
Que se parece com a sua.

Um poeta em sociedade,
Uma palavra no texto.

Apenas resta o medo,
Puro, fétido, fraco, e abissal,
Medo da palavra, medo,
Medo.

Medo do animal,
Medo.

Medo do homem,
Medo.

Medo

Inauguro com esse poema a crítica equivocionista ao socialismo linguístico de Bakhtin e Wittgenstein. Nem um jogo, nenhum uso, nem um texto, pode dar sentido às palavras, esses fenômenos ou acontecimentos retiram sentido delas, retiram delas a existência, que é apenas intuitivo, sopro, música. Uma palavra é uma unidade estética, nós que na ânsia de sobreviver, na luta contra a morte fomos empobrecendo e transformando-as em objetos uteis às necessidades humanas. Proferida pela primeira vez dos lábios de Deus, foi seu útero para criar o universo.

Deus não tirou o mundo do nada, ele o tirou da palavra. Até Deus é palavra. Bola, copo, cadeira, flor, nuvem, são sons divinos, onde apenas os tímpanos podem acolher com precisão, apenas o corpo intui as palavras, o espírito as confunde, as escraviza, ou até lhe dão passaporte. Adoro o som de Suddenly pronunciado por Ray Charles cantando Yesterday, ele a pronuncia como se ela fosse um objeto, um copo de vidro que ele jogasse na parede, com força e raiva, como se desse uma chicotada, e é esse o sentido dessa palavra no corpo que o ouve sem lhe obrigar a significados ou traduções.

Duzentos, quando minha namorada perguntava sobre o tamanho do meu amor, sempre respondia duzentos, que parecia-me o maior que existe. Nuvem, nuvem, nuvem, como é bom nuvem e pititinga, torrão, bitelo, fumaça, Itacaré, sorvete, limão, limão, laranja, azul, tão simples e delicada azul, amarelo, talvez a palavra mais cheirosa que conheço: amarelo. E vermelho a mais exibida.

Hoje abri a porta de casa
E me encontrei com um incêndio.
Um flamboyant vermelho,
Ardia sua chama maravilhosa,
No calor do sertão baiano.

Nunca tinha percebido
Que era o jeito bonito do calor dizer bom dia.

O órgão mais importante para o filosofo é o estomago, além de precisar digerir indigestos discursos, todo movimento de consciência parece ser em *up*, uma viragem sobre si mesmo, que sempre causa enjoo.

O pensamento nasce do espanto já diziam os gregos, mas espantar é um misto entre medo e maravilhamento, um não saber, então pensar não é uma tecnologia, não tem uma receita, não é pré-fabricado, não dá pra ensinar. Porque pensar não é um saber, antes é um não-saber, é um espantar-se. Se admitir tudo isso, nada mais falso do que pensamento crítico, pois a crítica é um saber, quem critica sabe, quem critica compara parâmetros e escolhe o melhor por razões, quem pensa se espanta, não sabe, não escolhe, sofre, hesita. A crítica por esse ângulo é avessa ao pensar. Será se quando Sócrates disse "sei que nada sei", apenas disse de uma maneira grega, estou pensando. Fiquemos no relento, pior no abismo, saindo do sem teto do conhecer para o sem chão do pensar. Esses sem teto e sem chão não se dobram em movimentos sociais, porque eles precisam de uma porção de solidão. Meu bicho de estimação é um rinoceronte, por isso não visito, nem recebo visitas.

O Platonismo considera o repouso superior ao movimento, daí contemplar ser mais elevado que agir e a morte ser superior à vida, em varias religiões de raiz cristã essa ideia ganha gosto popular. Cultuam a morte por não poderem enfrentar a luta da vida. Buscam o repouso, para fugir à errancia da existência. Anseiam por equilíbrio, planetas que querem uma orbita. Sombras que buscam luz.

O culto aos mortos e a valorização da morte, da ordem e do equilíbrio chaga ao ponto de retirarem do próprio cristianismo sua beleza poética, que é a indeterminação, o inesperado. Quando J. Cristo diz que chegará como um salteador, isso garante uma imprevisibilidade poética. Porém algumas religião transformaram essa irracionalidade vital em ordem, organização positivista, a vida virou uma escola à maneira moderna, quem estuda passa, que não estuda repete, isso torna tudo uma tremenda monotonia, e retira de Deus o poder de salvação, pois para essas religiões cada um é resultado do próprio esforço. Colocam o homem no centro da teologia, como bons iluministas assim eles mataram Deus e eternizaram o homem em reencarnações.

O poema imagem.
Parece um novo tipo de álcool.
Etéreo.
Hoje não preciso beber.
Olhei o poema imagem
Que se desfazia.
Uma entropia visual,
Um fractal selvagem.
A forma é desformar.
O sem sentido indicava a direção de nenhum lugar.
E quando li pare,
Entendi dispare.
Tô louco?

O que está presente e o que está ausente nos constitui, a falta não é acidental ela compõe nossa estrutura, assim somos também projeto que joga entre o que é e o que não é. Em um campo de ignorância e escuridão agimos. Agir mesmo sendo uma incompletude constituída por faltas, agir muito mais por honestidade do que por esperança.

O que se despedaça para que eu apareça inteiro?
De que caos escuro nasce esta palavra completa e clara?
De que lugar secreto e perigoso
A vida surge e aniquila a vida?
Por que vida beija a morte
E a poesia canta
E nosso corpo goza e teme?
Cresce e desintegra?

Escapamos desse lugar maldito
Para a linguagem?
Porém carregamos uma maldição:
O sonho do vivo é agir dentro de todos os seus possíveis.
Mas, a ação existe encoberta pela escolha.

Não dá pra abater toda a manada, apenas uma zebra por vez.

Todos os possíveis é toda a vida?
Toda a vida é seu esgotamento?
Toda a vida é a morte?

Todo o desejo é o tédio?

I
O rinoceronte é feito de pedra,
Ou então parece ter saído das fornalhas de uma siderúrgica,
O rinoceronte parece um tanque da segunda guerra.

Sua beleza única e espantosa
Carrega uma tonelada de tristeza.

O rinoceronte é triste,
O rinoceronte é belo,
O rinoceronte é solidão.

II

Se não tivesse visto um rinoceronte não acreditaria,
Ele é impossível, formas improváveis,
Talvez ele seja a geometria do instinto.

III

Conta a lenda que um imenso meteorito,
Veio do céu e caiu sobre a terra
Destruindo os dinossauros,
Depois de esfriar essa imensa pedra saiu andando,
Era um rinoceronte com sua solidão espacial,
O rinoceronte é de outro mundo.

IV

Rinoceronte é um monstro,
Monstros tem algo de infantil,
O monstro carrega uma inocência.
Agora percebo que em minha gramatica
Instinto é sinônimo de inocência.
Forma improvável,
Solidão espacial,
Explosão de silêncios.

Olá tristeza se achegue
Depois da morte de Cartola e Nelson Cavaquinho
Ninguém mais
Quer saber de você.

Às vezes o Paulinho te acolhe em sua viola.

Sozinha nessa rua deserta
E nem posso dizer Tristeza não chore.
Se teu consolo é chorar.

Vivemos no Império da alegria.
Tristeza é pra lata do lixo,
E não deve ser reciclada.

Acostumei com sua presença,
Motivos não me faltam,
Mas até mesmo sem motivo,
Venha tomar um gole
E lembrar velhos sambas.

Venha Tristeza sofrer com estilo.
A alegria é tão vulgar,
Nunca terá sua classe
E esse gosto pela beleza.

Tristeza, Tristeza,
Corre que a noite é rápida.

FOTO DE UM HOMEM E UM BARCO

Olha que foto linda da artista, excelente para uma aula de metafísica em Bergson, o homem em um ato de intuição contempla o tempo real em fluxo, como um rio, onde o passado arrasta-se por sobre o presente escavando o porvir e vai inchando. O homem dispõe apenas de instrumentos imoveis para enfrentar esse fluxo criador, o barco funciona como o conceito um imóvel que tenta navegar o movente, o esforço de prender em linguagem estática o que é contínuo vir-a-ser.

Onde guardas preciosidades?
No ventre de monstros que habitam as profundezas?
No coração vacilante do poeta?
Nas mãos ansiosas da virgem no primeiro beijo?

Onde escondes teus tesouros?

Melhor, talvez, seria guardar segredo.

Afinal preciosidades despertam cobiça.

Por que escreves poemas?

Para matar a poesia?

Muitos acreditam que repetir a palavra amor,
Gritá-la aos ventos implantarão o reino da Graça na terra.

Tolos.

As palavras nada dizem dos acontecimentos,

Exímias mentirosas,
Elas ocultam fingindo mostrar.

Então poeta é nas palavras que escondes teu tesouro?
As palavras são o melhor esconderijo do mundo.

Vivemos falando e escrevendo confissões,
Para cultivar segredos.

Enchemos o mundo de palavras
Para esconder nossas vergonhas.

Nossas doenças e imoralidades.
Mas cuidado com teu corpo,
Linguarudo,
Ele revela tudo.

Talvez por isso Adão se escondia de Deus.

Onde você estava?
Não sabe que a vida é curta?
Dura menos que um beijo roubado.

As alegrias são pequeninas e poucas,
Junto todas no cordão da lembrança,
Como um amuleto.

Hoje ganhei uma, novinha, brilhante.
E nesse instante como menino em sorveteria,
Sou o mais feliz dos homens.

Ontem à noite encontrei-me com meu irmão Etelvino Caetano, ele com seu afeto arrancou-me da caverna onde, como bom Neandertal habito. Conversamos sobre o passado e os problemas da vida, lembramos o tempo em que corríamos como guepardos selvagens atrás das mulheres, pobres gazelas assustadas. Hoje navegamos aguas tranquilas, bom encontro, a alegria que senti com sua presença foi triunfante, olhamos para os que caíram, muitos colegas morreram, outros sumiram, nós estávamos juntos de novo, e por um instante houve a ilusão de que éramos jovens rindo e desafiando o mundo sem pensar na morte, cheios de vida e coragem, riscávamos a selva da savana senhores de vastos territórios e fêmeas para procriar.

Muito bom reencontro, boas lembranças e a alegria de ver o outro vivo. O outro servia de espelho e apesar da soma de erros, vencemos. Irmão obrigado pelo cuidado e pelas horas de papo e gosto de quero mais que ficou. O bom Chopp e a cachaça temperaram as lembranças e a presença do irmão. A amizade recupera a confiança, o coração desconfiado de velho, orvalha e canta. Em um mundo de mediocridades um respiro. Etelvino Caetano continue vivo irmão, você completa esse mundo, porque a vida não basta, então inventamos amigos e poesia, inventamos confiança e afetos. Obrigado amigo pelo presente de sua presença. Axé!

OPINIÃO

Opinião é como camisa, se não mudar, fede. Andava eu com uma opinião que já tinha passado do tempo, dessas que envelhecem e agente por habito conserva e se confunde com ela. Começa como suspeita filosófica, depois possibilidade científica, depois vira seita, cega, irrefletida. Assim foi a minha, velha opinião.

Certo dia, meu nariz informou que havia algo errado, troquei a camisa e a opinião, joguei tudo fora. Descobri que a única coisa que realmente vale em ser humano, é poder jogar-se fora, por inteiro, princípios e finais, o que era ruim e o que se pensava bom, igual ao jovem rico da parábola cristã. Vai, dar tudo que tens, e depois volta para ser novo homem.

Quando conservamos nossa riqueza, seja ela de qualquer ordem, quando guardamos o passado, não somos mais nós mesmos, essas opiniões ganham vida e tomam nosso destino, impõem seus interesses. Opinião não é livre, ela é formada, um homem deve ser amorfo, inacabado, incompleto, disposto a se jogar todo fora. Encontro velhos amigos que se orgulham de não terem ficado pelo caminho, continuam os mesmos, etc. Coitados!!! Não saíram do lugar. O caminho é caminhar-se, poder mudar, a ordem do ser é o devir.

Espero amanhã pensar diferente de hoje, senão fico por ai como defunto desinformado, já morreu e não sabe, múmia perambulando, precisando que alguém lhes diga, oi camarada, você morreu e não sabe, como nas sessões mediúnicas.

Pois é amigo mude de opinião antes que a sua apodreça. Tenha pena do nariz dos outros.

ORAÇÃO DE ANO NOVO

Que esse ano possa perder completamente minhas convicções,
Até mesmo a da minha loucura,
Podendo assim ser completamente louco sem essa nesga de consciência.

Que esse ano eu seja mais egoísta
E continue defendendo-me dos donos dos egos,
Os lideres religiosos e ideológicos.

Que continue me livrando dos santos e justos.

Que esse ano possa descobrir outros vícios,
E que os deuses me concedam um espelho para refletir a face do monstro, sem virar pedra,
A medusa que habita e assombra minha alma.

Que as perdas sejam completas,
E que a coragem de galinha
Permaneça para deixar-me sucumbir com minhas escolhas.

Amém!!!!!!

Passado, passando, passo
Feito de passado que se amontoa,
O presente é a surpresa que me apavora,
Mas logo passa o medo insano,
Passo a passo torna-se passado,
Esse insolente.

Olho o futuro com ansiedade,
Ao mesmo tempo receio guardo.
Olhar ambíguo teme e deseja,
Talvez por isso tenha dois olhos.
Como eu gostaria de deitar fora,
Todo esse peso que se debruça sobre o presente.
Ser um momento, leve instante.
Mas nada posso ante o que passa,
Em sua marcha que esmaga tudo,
Tudo em passado passando torna.

Minha memória não é gaveta,
Onde as lembranças guardo com zelo.
Não há gaveta, não vontade,
Essa força é uma gravidade,
Passa incessantemente,
Não pede passagem nem escolhemos guardá-la.

O fato de tudo ser passado
É absoluto.
Esse verso agora já foi tragado por ele.

O passado aumenta incessantemente,
E se conserva indefinidamente.

Essa força empurra tudo,
A laranja para suco,
O bagaço para lixo,
O botão para flor,

A pequena semente
Em laranjeira
E em laranja de novo.

Novo, novo,
Nada mais é que passado.
Aliás, só é novo por que há passado.

Feito de passado passa por novo como um relâmpago,
E torna-se passado.

Essa madrugada vai tecendo de suas entranhas,
O amanhecer que se insinua,
Feito da madrugada que passou,
O amanhecer logo fará o mesmo.

Porém não existe um futuro à frente, pronto esperando virar passado.
Esse futuro será criado pelo passado que se amontoa.

Tento me agarrar nas palavras,
Fixar nelas algum sentimento.
Porém elas são feitas de vento,
Pequeno sopro que nasce do silêncio.

Pássaro
Lindo pássaro
Silenciou.
Será que espantei
O bichinho assustado.

Gostas de ouvir mentiras?
Meu verso
Inverso
Não tem utopias.

Canta ave linda
Suas amenidades.
Seu piado de sonhos e flores.
Seu desejo incontrolado.
Sem causa e sem finalidade,
Apenas querer, querer e mais querer...
Cego e irracional.
Cantas tuas utopias,
Pois o que me importa é teu piado.
Teu suspiro,
Tua ânsia,
Tua fraqueza,
Sinto poder esmagar-te
Toda tremula,
Na palma de minha mão.

Pastoreando nuvens
O bicho mais desobediente que existe
Escapa por entre os dedos
Não existe laço
Somente as engarrafo em versos.

Será que você me entende audição dura
Ouvidos de pedra
Sentidos exatos
Nada percebem de falas etéreas.

Por serem exatos
Perdem em precisão.

Já viram as roupas de fábrica,
São feitas no numero exato,
Medidas a laser.
Mas, são imprecisas para o uso de qualquer um
Sempre estamos
Um pouco acima ou abaixo de qualquer numero.

Precisa é a nossa medida tirada para uma roupa de encomenda.

Não a medida de um número, mas a nossa medida.

Faço esse poema inexato,
Sentido turvo como fumaça
Que muda ao sabor do vento

Às vezes monstro, às vezes ave, às vezes mão estendida em adeus,
Poema louco, meio sem prumo, às vezes quente, às vezes frio.

Para quem sente uma forte dor inexplicável
Uma tristeza sem causa em seu coração fugidio...

PEQUENA PRECE DOS DESESPERADOS PRA NÃO DIZER QUE NÃO FALEI NO PAPA

Muito difícil prestar atenção no Papa com a final da Libertadores das Américas e o Atlético Mineiro criando o drama para exprimir a tragédia de não sabermos nosso destino. Mas é na tragédia que o herói se mostra. Os deuses escolheram o Atlético. Ah! voltemos ao Papa.

O santíssimo Francisco, humilde, alegre e cheio de esperança, preenche todo tempo dos telejornais e a mídia santificada parece o Espírito Santo, que tudo informa e tudo vê: o Papa acordou e tomou Activia no café da manhã, as cuecas do Papa são vigiadas por quinze seguranças, no Brasil devido ao Activa e as comidas picantes o Papa foi cinco vezes ao banheiro. Ufa! Quanta besteira!

Porém ontem o Papa se posicionou politicamente, desceu à terra e defendeu seus interesses, o Papa é contra a descriminalização das drogas, isso pelo menos dá pra discutir. Porque o Papa é contra a descriminalização das drogas? Uns dizem que é porque a Igreja é tradicional, outros porque o Papa é santo, outros e tantos outros bons motivos. Para mim o Papa é contra as drogas por causa da concorrência. É apenas um problema de mercado, ele traficante de ilusões, vendedor de esperança, essa droga alucinógena que move as pessoas para a perda de tempo, principalmente os jovens. Então em vez de maconha, hóstia.

Promessa de um mundo melhor, mas para isso, mais fieis ao catolicismo, mais dizimistas, mais militantes, mais jovens missionários e dependentes de falsas promessas.

Pessimista juramentado fico desconfiado com um senhor de vestido branco, bonzinho, beijando as criancinhas e falando de felicidade. Nesse vale de lágrimas, onde feras entre feras bebem sangue dos feridos, esperança e felicidade são palavras de mau gosto, ou mais uma sacanagem com quem precisa trabalhar para ganhar o pão de cada dia. Amém!

PEQUENO ULISSES NORDESTINO OU DO MESTIÇO NEURASTÊNICO DO LITORAL

Ulisses grande Herói da mitologia grega que encarna a saga do humano na tragédia de existir racionalmente, duvidando dos deuses num mundo com forças titânicas, que a todo instante vem prova-lo e fazer sofrer, serve de arquétipo para muita gente de nosso tempo menos heroico.

Na capital baiana no nordeste brasileiro, por exemplo, nasceu uma versão cômica do Ulisses grego, um cara racional que não acreditava em milagres, sem perceber que sua existência já era um milagre.

Ele, roubando a expressão de Euclides da Cunha, se auto intitulava "mestiço neurastênico do litoral". Nosso pequeno herói tragicômico tinha opiniões ousadas sobre o mundo e as coisas da vida, herege por vocação sempre era condenado à fogueira da cegueira da estupidez. Sua maior dificuldade era econômica, essa era sua maior fogueira, de origem humilde como é correto falar, ele se debatia entre sua racionalidade e a irracionalidade do fluxo da vida, desde a sexualidade, a economia, a saúde e a mais irracional das atividades humanas, a acadêmica. Vejam que absurdo a Ciência potencia racional da humanidade era taxado pelo pequeno Ulisses de irracional. Para ele a ciência era o lugar da politicagem canibalesca, onde fera engole fera, onde não se perdoa nem as criancinhas. Lá no ninho da Ciência é que o animal de caça disfarçado de razão dá vazão a sua sede de sangue, o instinto disfarçado de inteligência é mais letal. Por isso o homem é o mais perigoso predador. Na academia é preciso ter cuidado pra que seu amigo não roube seu projeto, ou copei seu artigo.

Nosso tolo herói, pequeno ateu e grande ignorante, não ajudava nem os santos, nem mesmo Nossa Senhora do Bom Sucesso, santa poderosa e cheia de graça.

Em sua epopeia ele empreendeu a batalha de se candidatar a uma vaga para professor de filosofia numa Universidade Pública. Chegando lá sua santíssima esposa pediu a nossa senhora que o ajudasse, e para ele passar num concurso com sua letra horrorosa e suas opiniões insolentes e hereges somente milagre. Nossa Senhora consegui que o neurastênico passasse na primeira fase do concurso, ela o ajudou na prova escrita e nos tramites burocráticos de um concurso. Mas na aula, a chamada prova didática o desastrado herói não percebendo a batina dos inquisidores danou-se a duvidar dos deuses e a falar suas bobagens heréticas.

Não deu outra foi pra fogueira que é lugar de idiota. Perdeu e aumentou a divida de sua santíssima esposa com céu.

Moral da história: Tem gente que não ajuda o Santo e sai por ai falando que milagre não existe! Ou lugar de herege é na fogueira!

E se for a noite que vai
E não o dia que chega?

Como se Deus puxasse a toalha escura que encobre a travessa,
Deixando à mostra as cores das frutas.

Poesia por que me assombras?
Desde pequeno sentia que me espiavas das sombras.

Me escolhestes para tua brutalidade?

Em letras organizei minhas batalhas,
Fiz minhas viagens,
Amei desesperadamente,
Cometi todos os crimes,
Vivi em devassidão,
E
Sofri a maior derrota.

Ser perseguido pela poesia sem conseguir ser poeta.

Alguns você escolhe para amante,
Outros como eu,
Escolhes para tortura,
Para limpar os pés
E
Escarrar sem piedade.

Poesia
Não adianta gritar,
Sem ouvidos ela apenas tem boca,
Doces lábios,
Hálito fresco,
E dentes,
Dentes que me dilaceram.

Poesia contigo aprendi a crueldade,
Poesia
Contigo arruinei o amor
E a vida.
Arruinei as finanças
E a literatura.

Agora pretendes arruinar-me a saúde.
Talvez tísico me abandones,
Ou melhor,
Me libertes.

Poesia
Como sempre partiu
Fumaça no meio do verso,
No meio da sala,
Deixando apenas seu desprezo como incenso maldito.

Quando ouvimos uma opinião contraria, talvez devêssemos ouvi-la como uma possibilidade divergente, ou seja, é mais uma opção de mundo. Pensando nisso lembrei-me.

Hoje fui lavar o carro no Cai 1, bar com nome sugestivo, aqui em Vitória da Conquista, enquanto isso bebia uma cervejinha bem gelada em homenagem a Dionísio. Fiquei olhando um imenso Lariço, uma espécie de pinheiro que tem aqui. Ele parecia um gigante, com a pele enrugada e os enormes braços estendidos para o céu, como que fazendo uma espécie de prece, enquanto pequenino e ignorante, paralisado diante de tamanha grandeza, abraçava meu espanto. Dionísio é o deus da seiva e da embriagues. Encostei no Lariço, para ver se dava pra escutar o canto de Dionísio que fluía em seu caule. Ocidental demais pra escutar arvore, apenas o silencio invadiu o momento. Afastei-me devagar, bem devagar, pois nada é mais solene que o silencio.

Há muitos anos, era muito jovem, fiz um filho e coloquei meu nome, dupla perversidade. Ginaldo não é nome pra se colocar em ninguém. Além de trazer alguém para esse mundo tão cruel e passar para ele o legado de minha miséria como dizia Machado de Assis. Nunca tinha me perdoado por esses erros. Que se acumularam com outros, entre separações e abandonos. Apenas hoje descobri o motivo de tamanha crueldade. Coloquei meu nome naquela criança, porque eu estava morrendo, geralmente se coloca o nome em filho quando morre o pai. Morto em vários sentidos, deixei-o órfão. Morto de uma forma tão completa que nem túmulo ficou pra ser visitado.

QUARESMA E DESERTO

Jesus Cristo abandonou seus discípulos e a agitação das multidões para se preparar para a terrível dor da paixão se recolhendo ao deserto. Lá em jejum e oração procurou fortalecer o corpo e a alma, "o que não mata, fortalece". Viver a ausência de vida é viver no deserto. Desertos aumentam na alma, no amor, na educação, na beleza são sempre lócus de pouca agua, lugares inóspitos.

Na quaresma que vivemos e ao refletir sobre a quaresma de Cristo vejo-me diante do espanto de que o deserto cresceu e hoje moramos em desertos com ausência de sentimentos e de pensamentos, vivemos com a aridez dos hábitos consumistas, na pobreza das almas, na indolência das mentes, na escravidão dos corpos e nos desertos refrigerados dos shoppings Center. Nesta quaresma contemporânea e líquida não há mais deserto para se retirar em contrição, o deserto impôs seu clima de desconforto invadiu as casas e as almas apenas cactos sobrevivem. O Andarilho de F. Nietzsche (1844-1900) sabia muito bem do que estou falando, quando lhes abriram as portas da cidade de manhã ele viu que a indiferença dos rostos das pessoas era mais árida que a vida no deserto e nos olhos das pessoas mais "ameaças e perigos do que nas serpentes e chacais", assim o Andarilho de Nietzsche percebeu que as cidades eram muito mais hostis do que os desertos e não é atoa que a maioria de nós vive uma "vida tola de camelos carregando pesos e atravessando desertos." Diante desta questão como será a quaresma de quem já vive no deserto? Como será a quaresma de quem leva o deserto dentro de si? Talvez, ironicamente, nesta quaresma deva-se buscar oásis, um lugar onde há vida em abundancia, mas como se o planeta todo é um grande deserto de comércios e não adianta cruzar os mares tentando encontrar um mundo novo, nem cruzar os céus em modernos aviões procurando este bosque benfazejo?

Recontando o que esta no conselho grego, a nossa possibilidade de quaresma. Os gregos diziam que a felicidade em si era um triangulo; viver em justiça, saúde e a companhia de que amamos. Esse oásis triangular é conquistado dia a dia e é preciso muita paciência para cultivá-lo às vezes, o deserto renova pelo lado da saúde é preciso cuidado para reconquistá-la, outras os desertos invadem o lado da justiça nos impondo à necessidade da coragem para enfrentar a corrupção do agir e do sentir; em fim o deserto sempre cresce. Diminuindo nossa área de conforto e talvez nesta paixão o sangue do cordeiro, como a agua da vida fertilize o pior de todos os desertos o coração do homem sem fé, aquele que se afoga no desespero.

Por sermos filhos do deserto somos raquíticos e a única coisa que cresce no deserto com homens raquíticos é a moral. Ela fica imensa e pesada, semelhante à gravidade empurra tudo para baixo agravando nosso raquitismo. Neste extremo de existência ver o mal dentro de si é a única saída, pois somente assim podemos aliviar nossos julgamentos dos outros. Somente um ser humano ciente de seus vícios entende a fragilidade da alma humana, um ente jogado no mundo para morrer. Somente a fé é capaz de fazer levamos nossa cruz até o final na imitação de Cristo.

Sem saúde, sem a presença de amados, vivendo com inimigos íntimos e respirando corrupção, os filhos do deserto, os filhos do consumo e da desatenção a si, seguem barulhentos e os cuidados da justiça não nos alcançam.

Aqui nesse vale de lagrimas só o perdão pode onde a justiça é inútil, talvez o perdão seja quando a justiça transborda. Uma justiça para além da ideia humana de justiça, o perdão é mais que um gesto ético, o perdão é o gesto mais estético.

A quaresma do perdão, esse ato místico, espiritual, que escapa ao uso da justa razão, um ato do coração, porque não calcula o merecimento como a justiça, perdão se dá a quem não merece. Perdão é doação.

Perdão senhor por sermos filhos do habito! Perdão senhor por nos acostumarmos com o deserto!

Os sacrifícios, os jejuns e os retiros, são um esforço do crente para se afastar da tirania do habito, suspensão de um tempo ditado pela necessidade e instauração do sagrado no sacrifício e na escolha. Seria uma grande homenagem ao sagrado um dia sem comprar, um dia sem consumir. Um dia de silencio ao consumo, um dia ao senhor!

Será que conseguiríamos, um dia de abstinência do vicio do consumo, sem a passageira alegria da compra, sem a enganosa e frustrante promessa das mercadorias.

Que nossa festa seja o Oasis do abraço, o encontro da confiança e o beijo de amor. Que possamos jejuar das aparências e festejar de uma conversa amiga e a ceia ensine que repartir com o outro é muito mais que coisas materiais, que comida e roupa, repartir sentimentos, compreensão, afeto e ideias. Repartir nosso tempo e atenção, nossa alegria e cuidados. Pois é no encontro, é na reunião que o Filho do Homem estará presente. Precisamos fugir da multidão para a convivência, retornar do falatório para a conversa, sair da indignação para o espanto, esquecer o conhecimento para poder pensar.

O homem comum é o mais místico, nele a santidade se manifesta em gesto simples, capaz de maldades e generosidades, sua prece é cuidar da vida, varrer a casa e a cidade, fazer o pão e colher as frutas numa aceitação da graça que Deus, faz manifestar no pulsar da natureza e fruir dos dias.

Quem ama poesia, ama as palavras, essas fadas, hoje fiquei encantado, aprendi que nem sempre o diminuitivo diminui. Aqui no nordeste tudinho significa que é um tudo maior, nos mínimos detalhes, mais que tudo, tudinho, tudinho mesmo. Uma graça.

RECEITA MALUCA

Quem sabe cozinhar até mentira fica gostosa.

Pega a tinhosa de pernas curtas,
Bota pimenta da ardida,
Sal e melaço de cana, cozinha em banho-maria.
Fogo manso.

Deixo a seu gosto as dosagens e o ponto do cozimento,
Inclusive pode mudar todos os ingredientes, mentira é assim cada um faz do seu jeito,
Mentira ama o diferente.

Quando você vê o diferente e pensa que ele é contradição, você pode estar enganado, no fundo você deseja uma igualdade, você tem um sonho homogêneo e tirânico do mesmo, um mundo de clones. E deseja que a diferença supere a suposta contradição em uma síntese redentora. Onde tudo fica igual. Você é dialético, diabético, adoçado?

Mas se você não é dialético, se não se importa com a existência dos sabores,

Você pode conviver com o diferente,
Sem tentar pacificá-lo.

Deixa o azedo azedar, deixa o amargo amargar, deixa o doce na dele...tem até aqueles indecisos.

Uma diferença não se opõe, ela se afirma.
Uma diferença não é contra,
Ela segue seu caminho.

O mundo não se reduz a caldo de cozinheiro,

Ele é múltiplo.

Você aceita o múltiplo apenas para domá-lo em único.
Você não o aceita e pensa que ele é contradição, quase um erro, que não devia existir.

Tenta converter o múltiplo em
Em homogêneo.

O mundo é heterogêneo.

Não cabe na sua receita.

Por favor, isso não é uma receita.
É narrativa,
Descrição,
Invenção,
Mentira das boas.

RECEITA OU FORMULA

Para quem gosta de cozinhar ou de alquimia, ou seja, fazer misturas e ver no que vai dar.

Primeiro faça em um papel uma linha vertical que a divida ao meio coloque na primeira parte a palavra "BEM" e na outra parte a palavra "MAL" e assim teremos uma tabela com duas grandes colunas. E siga o "BEM" em qualquer ação em sua vida.
Segundo pegue as mais ressentes informações medicas e científicas sobre os alimentos, separe aqueles que, se você consumir não vai envelhecer, não vai adoecer, nem morrer, depois coloque os do bem e os do mal em sua parte da tabela.
Consulte um antropólogo, ou cientista social sobre as praticas religiosas e segundo uma opinião laica e científica coloque também as religiões na tabela.
Consulte um sexólogo sobre as formas e maneiras mais corretas do gozo e segundo preceitos estudados e comprovados classifique os coitos na tabela.
Se gostar de lutas, nunca pratique boxe ou karatê, elas representam o imperialismo, faça capoeira que tem um sentido mais libertador então já sabe que ela fica do lado do Bem.
Depois misture um pouco de espiritualidade oriental, um pouco de macumba e algumas gotas de agua benta. Compre uma Bíblia protestante e alguns CDs de mantras sagrados, seja meio macho, macho mais nem tanto e ande de bicicleta, isso é muito importante, pois reúne a medicina, a ecologia, a revolução e o culto a juventude. Coloque algumas gotas de socialismo e psicanálise, coloque tudo que for do Bem no liquidificador, muito importante, seja a favor de qualquer minoria e contra qualquer representação de poder, coloque duas gotas de mel de abelha mandaçaia da terra e beba três copos por dia. Além dos exercícios, da dieta e da espiritualidade faça uma correção da linguagem e lute sempre por um mundo melhor.

Compre uma medalhinha com a foto de Foucault. Ande sempre com ela.

Em duas semanas você criará um monstro do Politicamente Correto e não vai envelhecer, terá sempre um sorriso colgate, um papo amoroso mesmo contra seus inimigos e verá a iluminação. O monstro PC terá pernas de atleta paraolímpico, corpo de hipócrita bíblico e cabeça de alegoria de Escola de Samba.

Se por acaso nada acontecer, vá a um Centro Espírita e tome uns passes, ou vá a uma sessão de descarrego na Universal, ou ainda beba uns copos do Daime e se for mais radical, faça rapel e uma viagem ao Tibet.

Se mesmo assim nada acontecer você não tem jeito é um conservador incurável, vá a Fonte Nova no Ba-Vi e tome umas cervejas bem geladas. Provavelmente quando morrer vai para o inferno. Que Deus lhe ajude e Oxalá lhe proteja. Axé!

Reflexão diz bem o que é um erudito, um espelho de saberes que não é dele, ele não pensa, não cria nada, ele reflete, inerte como um espelho só tem a imagem e conceitos dos outros que ele decora. As vacas pelo menos ruminam seu próprio alimento, os eruditos, refletem, passivos e precoces, a erudição deve ser um problema na sexualidade.

ROMANTISMO EM STELLA MARIS

1º de maio é meu aniversario de casamento, medido em eras ou reencarnações, Rita apareceu em uma tarde mansa de 1º de maio, eu estava no palanque do Sindicato dos Metalúrgicos da Bahia na Praça da Sé, e no meio do discurso surtado de socialista alucinado vi passar no meio da massa operaria, que ouvia sem escutar as palavras de ordem, vi passar aquela mulher de cabelos vermelhos como a bandeira Sovietica, balançando na brisa mansa de Salvador, valei-me São Lennin! Era uma linda trotskista por nome Rita.

Filiei-me a seu partido, militei em seu movimento, converti-me a seus propósitos. E hoje depois de tantos anos, com filhos e neto, socialismo curado, e romantismo também extinto começo nesse sábado dia 30 de abril a comorar a sorte desse encontro, que determinou por toda uma vida as transformações, afetos e afecções do meu corpo e de minha alma.

Amanhecemos ouvindo Jazz e um pássaro desse que tem o espirito de Mozart, ficou a cantar no jardim, pousou na Mussaenda Rosa e acompanhou a musica sem parar. Então descobrir sequelas românticas em meu espírito, afinal pássaro não houve Jazz, será?

Rita na rede na varanda, ai escrevi esse momento, que de comum em toda nossa vida, é o fato que escrevo a poesia que ela plasma manhã.

Amanhã iremos ao teatro, "A morte acidental de um anarquista" às 19:00 horas Casa do Comércio. Deve ser bem parecida comigo, morte, acidente, anarquismo. Então ela chamou para um chopp na praia. Adivinhou meus pensamentos, continuando o surto romântico convidei o pássaro do Jazz para nos acompanhar. Claro que ele não vai. Mas vou como um pássaro nos braços de Rita, canto de vez em quando, e ao som de Fitzgerald esperamos o entardecer.

ROMANTISMO TÔ FORA

Uma característica do Romantismo é um endeusamento da natureza, a beleza do por do sol a profundeza dos oceanos, a imensidão do universo e distancia das estrelas. Diante dessa grandeza o romântico estupefado reconhece a pequenez do homem e sua insignificância.

Muito pelo contrario sou fã da espécie humana, penso que justamente pela nossa efemeridade, pelo quase nada de nossa existência, onde pensamos, amamos, erramos e morremos, mas somos únicos, justamente esse sopro rápido é isso que nos torna especiais. Nossa mortalidade é fantástica quando juntamos isso com a consciência desse fenecer, a dor que carregamos e o esforço para persistir. Somos um instante de consciência e podemos como Michelangelo arrancar um Davi do mármore ou a nona sinfonia do silêncio como Beethoven.

Tudo que podemos realizar sabendo que vai morrer nos faz gigantes. O homem não é um animal natural, nem social, ele é um ser sobrenatural estrangeiro de si mesmo. Preciosidade.

Rosa menina
Rosamenina em beija-flor me transformei pra teu encanto
Acácias cantam canções azuis
E lírios fogem desesperados
Cravos vermelhos bem armados
Vão se bater em um duelo
Com os crisântemos amarelos.

Conselhos de jasmins não adiantam
O meu jardim está em pé de guerra.

Do outro lado da cidade uma rosa chora triste sozinha num quarto.

Salute

Sei que vou morrer.
Como você meu irmão.
Diferente dos outros animais,
carregamos essa verdade.

Mas, que esse destino certo e acertado,
Seja apenas a estação final que proporciona uma viagem.

Uma viagem a muitas aventuras,
A muitos lugares mágicos,

Que essa tristeza seja apoio para tantas alegrias
E que esse silêncio componha com o som a música da vida,
E que muito amanhecer aconteça antes da noite definitiva.

Tropeços viram, mas é essa nossa melodia.

Desejo-te companheiro de viagem que tua viagem demore,
E que leves para essa ultima e certa estação muita lembrança boa,
E a vontade de repetir o caminho.

Que possamos degustar vagarosamente essa delícia,
E cada respiração seja como um brinde.

Salute!

Ser

Será que sinto o que sinto?
Será que meus pensamentos são meus?

Que confusão fizemos!!!!!
A linguagem mistura as almas.
Choro a dor de tua topada,
Esqueço a dor do meu aranhão.

Repito o que todos falam
Silencio o meu coração.

Miscelânea equivocionista

Só há mudança se houver corpo
O espírito se move através da matéria
Como eletricidade através do metal.

A inteligência institucionaliza,
Mas a inteligência nunca é institucionalizada.
Logo só pode haver burrice institucional.

Um autoconhecimento só leva você a ter uma dolorosa experiência de limite.

O corpo é a maior experiência trágica, ele retira a vida de nossas mãos e a entrega ao destino, trazemos dentro de nós a morte, a ordem genética é que vamos definhar e morrer. Assim vivemos rasgados entre as demandas miseráveis do cotidiano e um destino que o define.

"a tendência dominante da vida anímica, e talvez da vida nervosa em geral, de baixar, manter constante, suprimir a tensão interna de estímulo" (Além do princípio do prazer, Freud. p. 54).

A pulsão é regressiva, ela busca o repouso, de alguma forma aquilo que nos constitui está nos traindo. Pois o orgânico tende ao inorgânico. E o inorgânico é morte. Vivemos alimentando a morte, nossa morte, mas não adianta ficar chorando num quarto, é preciso coragem, de buscar vontade de viver e prosseguir, até o fim, o desfecho que os deuses nos reservaram.

SOLIDÃO

Não é estar sem companhia,
É estar mal acompanhado.

Solidão é multidão de fantasmas.
Formigueiro de sonâmbulos.
Solidão é falsidade e ingratidão.

Sem companhia temos o desejo erótico,
Temos a presença da falta.
A frágil esperança do encontro.

Mas na traição
A destruição é maior que a de um amor ou amizade.

Destrói-se a mínima fé no encontro,
Nela se é jogado na certeza fria do nada.

Cantar em um mundo de surdos,

Solidão, pior que a dor,
É a descrença.

SOMBRAS

1

À sombra de uma arvore
Em meio ao fruto podre
Que rola no chão o verme reina.

Sem poder olhar pra cima
Com todos os sentidos voltados para baixo,
Ele brilha sobre a lama fétida.

Engorda em sabores e açucares
Sem saber que um pássaro se aproxima
A morte com asas vem do céu.

Um lugar que pra ele não existe...

2

Pedra imensa,
Sombra fresca,
Entre a pedra e sombra uma serpente.

O Pássaro pousa buscando comida
Sem saber que a morte emerge das sombras.

Um lugar que pra ele não existe...

3

Em casa todos descansam
Lá fora o sol escaldante

Na varanda à sombra do telhado
A conversa alegre e trivial relaxa.

A morte se aproxima inesperadamente...

De um lugar que pra eles não existe.

4

Inesperada e certa
O grande pássaro da morte
Cobre o instante com sua sombra.

Vivos e distraídos com nossos afazeres
Nunca notamos sua presença.

5
Sempre lutamos contra a morte,
A morte do amor,
A morte das ideias,
A nossa morte na consciência do outro,
A morte do jovem que fomos
Que garante o velho que somos.

A morte é sombra inaceitável para seres que possuem a luz da memória.

6

Será que a memória é a sombra
Que a morte espreita de um lugar que agente pensa que não existe?

7

Será que o esquecimento, essa sombra, é nossa única porção de eternidade?

8

Como é bom trair as próprias ideias,
Como é bom se jogar inteiramente fora.
Como é bom ser o primeiro a dizer que estava errado.
E em vez de exercitar a memória para manter-se igual,
Se esquecer de si,
E poder experimentar a diferença.

Muita gente não se importa de trair os amores e os amigos,
Mas nunca experimentaram trair a si.
Essa devassidão é a mais alegre.

Vivenciar o humor de saber que nenhum saber vale muita coisa.

Todos os saberes merecem o elogio do esquecimento.

TEOLOGIA DE ATEU
OU DO ATEU ROMÂNTICO

O mamífero pequeno se escondeu,
Enquanto o dinossauro se extinguia...

Se esconder deu tão certo,
Que mantivemos esse traço evolutivo.

Se esconder é nossa praia.

Quando falamos nos escondemos no discurso.
Inventamos papeis sociais para novas tocas.

As tocas da moda são: celular e redes sociais.

Até no fundo do peito
Enfiamos muitas coisas,
Escondemos dos outros e de nós,
Lá na mais entocada das tocas,
Onde a dor mais aguda
E a alegria mais intensa se esconde.

Uma toca que toca a mesma música,
Em batidas que contam o tempo,
Mais parece uma bomba...
Relógio?

Lá onde amor e ódio
Pretendem se esconder da extinção.
Lá onde a morte dorme.

Lá onde guardo todos os teus beijos.

Lá onde escondo todos os adeus.

Lá onde o grunhido tremulo
Do rato pré-histórico,
Nosso Deus,
Ainda treme.

Toca de todos crentes e ateus,

Templo sagrado dos escondidos:

Coração.

TODA VERDADE É INVENTADA

Henri Bergson filósofo francês do século XX, em carta para seu amigo americano e também filósofo William James afirma que James apresenta a verdade como uma invenção, apenas diferenciando a verdade do senso comum ou aquela que percebemos apenas pelos sentidos, aquelas do cotidiano e a verdade científica, mas as duas inventadas. A primeira seria um barco a velas, que segue a depender dos ventos, a segunda, a científica, um barco a vapor, assim ela teria um mecanismo, um método que a impulsiona em qualquer direção. Como um bom imbecille, penso que essa invenção verdade cientifica mesmo tendo um motor que a livra do jogo incerto da sorte, tem um problema, ela ruma em varias direções menos em direção a si mesma. O olho objetivo da ciência não pode se ver. Porque se assim o fizesse, veria lá no fundo de si, a Metafísica com seu riso irônico, dizendo que nada sabe, ou que não há fundo em nenhum fundamento.

TRAGÉDIA

O grego nu
Dançando em um rito órfico
Embriagado e em transe

O animal foi criado para agir
Porem o grego nu dança em direção ao ócio
Segue rumo à inutilidade

Matemática
Música
Poesia
E a mais inútil de todas
Filosofia

O grego nu dança
Dança dança dança
Sua tragédia invade nossos dias

Dorme embriagado nos braços de Helena
E acorda nos campos de batalha

Odisseu arrasta-me pra guerra
Agora encontro meu destino
Quando falo, sinto ou penso

Quando me olho sem roupa
Assombrado
Descubro
Dançando
O grego nu.

Um dia inventamos o poder,
Sem nos preocupar muito sobre seu significado,
Arrumamos logo uma arquitetura.

O poder vinha do céu,
Passava pela cúpula das catedrais,
Pelas torres dos castelos,
E se sentava mansamente nos ombros do pai.

Então desenhamos a estrutura edipiana da alma.

Não sou filho de Brasília,
Pois, se assim o fosse, seria filho da puta.

Por pura preguiça
Ainda acreditamos nessa estória.

Olhem bem a igreja sem cúpula,
O castelo sem torre,
O pai sem ombro.

Desconfio que não haja poder.
Talvez nunca tenha havido.

Apenas o acaso dançando
E insuportavelmente rindo
De nosso desespero em não pensar que não há poder,
Nervosos, desenhamos na praia uma forma que a onda afoga
E o vento varre depressa.

Anêmicos e impotentes
Flutuamos como as palavras,
Que nada mudam em serem pronunciadas.
O eu te amo em nada muda o amor,
Nem o não te amo o desamor.

É a mesma mentira que o padre contava,
Quando confessava o pecado,
E ele dizia estais perdoado.

Apenas palavras,
Vento ritmado,
Que nem serve para apagar os desenhos na praia.

Apenas a desculpa do assassino que diz cumprir ordem,
Negando seu gozo em matar.

Um cara disse que o poder era vertical,
Mas que agora é horizontal,
Ele só não consegue é perguntar:

Será que existe poder?

Poder é o que?

Serve pra comer?

Palavra que é vento soprado e que menos que a palavra copo,
Não adere a nada.

Nem cabe a cerveja gelada.

Por um acaso somos mamíferos?
Um cara pensou que era inseto e escreveu um Processo,
Outro disse haver crocodilos entre nós e ensina Filosofia.

Por acaso,
O que é acaso?

Um Galo a menos pra rasgar as madrugadas,
O dia vai se atrasar e o mundo ficar menor.

UM MOTOR IMÓVEL

Pensando nesse monstro criado por Aristóteles, nos meus estudos de metafísica, verifiquei que o motor imóvel esta mais perto da vida mesma, do eu pensava. E descobri que um dos exemplos mais terríveis de se constatar da força de um motor imóvel é o poder que uma mulher desejada exerce sobre o homem que a deseja. A beleza imóvel desloca nosso olhar, nossa atenção, nosso corpo e folego. Esmagador e tirânico o motor imóvel é dotado de pura crueldade, e sem compaixão derrete as vontades mais tenazes.

SURTO PSICANALÍTICO

Uns tem surto psicótico, outros surto psicanalítico. Vou me explicar, ontem assisti a um vídeo postado pelo meu querido professor orientador Eduardo Chagas, o vídeo tratava de uma questão ecológica, mostrando o homo faber destruidor, que transformou a terra em um monte de lixo e depois um ET vem e o amassa como uma latinha de cerveja. Voltando ao surto. Assisti duas vezes e fiquei empacado, ai entrei no surto psicanalítico. Se o lixo não for do planeta? Se a destruição não for da natureza? Será que no fim da vida, agente olha pra trás e vê a destruição que fez, e nossa montanha de lixo e cadáveres é resultado de um predador que tem os ossos das presas como medalha. Pensei o vídeo psicanaliticamente, pensei que sou um ambiente, eu em meu corpo e minha vidinha. Esse ambiente é resultado de minhas escolhas, e nesse ambiente não posso responsabilizar mais ninguém. Nosso lixo existencial está ai, e o ET pode ser um professor que posta um vídeo para seu surto psicanalítico. Conclusão, sem nenhum senso ecológico, desmatamos nossos afetos, predamos nossas amizades, e adoecemos nosso corpo, em fim ficou-me o surto psicanalítico ou na linguagem da Filosofia uma questão: a consciência é um grande aterro sanitário ou um ET que me esmaga?

Nas duas opções a dor é certa, bom mesmo é não pensar, pensar é uma doença. Enquanto isso os ipês indiferentes, florescem na primavera conquistense.

Uma casa azul,
Tinha duas janelas e nenhuma porta.

Parecia uma face com olhos abertos e sem boca.

Um menino sentado na janela,
Como se montando cavalo ou bicicleta.
Uma perna pra fora, outra pra dentro.
A fachada ou o rosto da casa iluminado,
Dentro tudo escuro.

O menino parecia viver em dois mundos.

Comecei a pensar que a foto era uma autoimagem do fotógrafo.

Dentro a imaginação escura como um útero,
Onde as gestações acontecem em silêncio.

Fora a imagem parida e cheia de luz como um bebê.

O menino na janela era o retrato de um parto,
Ele estava no meio,
Nascendo do escuro para o claro,
Para o mundo.

Olho, câmera, foto.
Útero, imaginação, imagem.

Casa sem boca,
Rosto sem porta.

Um fotógrafo precisa perder a boca,
Para que sua fotografia fale....
Uma concha é feita em espiral,
Uma onda do mar também,
Dizem que o DNA é assim,
Tem mais os ciclones.

Muitas constelações são do mesmo jeito.

Será que Deus é um grande cozinheiro,
E cria mundos em caldeirão de sopa?

Com uma grande colher de pau,
Ele mexe pra misturar o sal,
E não deixar pegar no fundo da panela,
E tudo ganha forma de espiral.

Será que é o fogo do inferno que cozinha esse caldo?
Se for assim tá explicado as misérias desse mundo.

UMA ECOLOGIA DIFERENTE

Andei por minha alma
E encontrei devastação:
Lagos mortos,
Rios envenenados,
Desertos,
Desertos,
E
Um imenso abismo.

VAMOS COM O SAMBA E O RESTO ESTÁ MORTO

Tenho renite alérgica por isso deixei as discussões políticas, esse é um papo bafio. Nada de novo e mofo me adoece. Assim a queixa do capital já caducou, sou velho e como diz Rita Célia filósofa baiana "quem trabalha é jovem, velho se diverte". Velho deveria buscar prazer e apetite nas suas atividades, traduzindo essa máxima. Hoje gosto mesmo é de teologia, nenhum papo me dá mais prazer que discutir sexo dos anjos, futebol também é bom e tudo isso recheado com Filosofia que é o sal e o da velhice.

Por isso venho aqui defender que há uma esfera divina no samba. Quando pessoas se reúnem cantando e sambando baixa ou sobe uma encantação da alegria, um deus que diz aos nossos corações que a vida é leve, que devemos flutuar ao som do samba, e os corpos mais pesados, pelo tempo, pela gula ou pela imensa moral que carregam como uma cruz, começam a balançar. Deve ser por isso que alguns lideres religiosos proíbem os súditos de sambar.

Porque a moralidade é pesada e a vida é leve. Os corpos martirizados pelas proibições e restrições em nome do invisível se sambarem descobriram que a vida é leve e aquela moral está estragada.

"O samba tem feitio de oração" já dizia o Noel Rosa, por isso sambem meus irmão filhos de Eva, sambem que no sacudido do samba seus pecados caem por terra com o suor que escorre no corpo, sambem que vocês voaram como pássaros e mesmo que não herdem a terra nem vejam a Deus, vocês jamais atiraram a primeira pedra e com certeza não terão sede de justiça, quem samba tem sede de cerveja e beijo molhado, sarava!

Para muitos o vento deveria não existir
Ele possui todos os defeitos que tememos.

Intempestivo,
Intrometido,

Destrutivo e indestrutível,

Inevitável,
Incontrolável
Volátil.

Então buscamos o que é perene,
Astro, estrela, eternidade.

Essas ideias são apenas vingança,
Porque o móvel, movente, inesperado vento,
Está mais perto, está por fora, está por dentro.

Soprando...

Nos arrastando, nos envolvendo, nos revolvendo.

Assobiando em algazarras a todo tempo,
Que somos pó, que somos pó.

É ele o vento
Que levanta em poeira
Ou depois deixa assentar na terra.

O mesmo pó
Que gostaria de ser estrela.

VERSO VAZIO

Todo verso é vazio.
Que dizer se toda palavra é preconceito.
Talvez o silêncio pai da música,
Traduza o espanto ante a beleza e o absurdo.

Nascida do silêncio, que toda poesia
Pra ele retorne.

E o sal comunique à língua.
A mão no toque da pele.
E todas as cores criando ilusão de matizes,

Nos cale,
Em todo desejo,
Em todo punção,
Em todo sorriso,
Em todo pulsar.

E som dos líquidos do corpo
Ronquem nas tripas.
E marque no pulso
Mais um silêncio.
Será lágrima?
Suor?

Vértice

Parece que morrer é um vértice onde destinos se juntam.
Depois de velho, com os olhos cansados
Eu pude entender que o ver se faz tocar.
Olhar o retrato de Rita, o sorriso de Bernardo
Ou o luar em Stella Maris
É tocar no mais fundo da dor e da alegria
Sou funil, quanto mais fundo mais estreito,
No fundo tudo se toca, se encontra,
No fundo tudo é vértice
No fundo meu olhar é tato,
E Vivaldi tem sabor de morangos com sorvete.

Vida de cão

Tecida de mistérios,
Ave que desejo ter nas mãos,
Se apertar demais posso esmaga-la,
Frágil beija-flor.

Se afrouxar um pouco,
Arranha-me com suas garras e escapa ave de rapina.

Qual a medida precisa?

Não há receita,
Cada vez essa ave canta de um jeito.

Um dia é pomba,
Noutro gavião.

Cão de rua, vivo a farejar seus cheiros
E escutar seu canto.

Ela nunca toca o solo,
Sempre voando em sonhos e desejos.

Se pelo menos eu fosse um cavalo alado,
Uma mentira boa.

Mas uivo na noite com cara de louco.
Uma tola vida de cão sem dono,
Possuo as nuvens, mas não posso tocá-las,
Apenas algumas luzes da madrugada, as mais fracas,
E muitas sombras e becos sem saída.
Nada que encante aves exóticas.

Mas, como a desejo,
Uivo de novo pra lua,

Que se esconde atrás de uma nuvem,
Pra tomar banho....

Uivo outra vez,
E ela se mostra silenciosamente nua.

A baba cai,
Corro enlouquecido na madrugada.

Como são difíceis,
Aves, luas e marés.
Como são instáveis e perigosas,
Como me enlouquecem.

 Bicho endiabrado.

Como diria meu pai:
- Você queria que elas fossem lindas, deliciosas e ainda fáceis?

Uivo outra vez!

A vida é erro
A morte é certa.

No morto há solidariedade
Entre a perspectiva e a percepção.

No vivo conflito.

Só porque estamos vivos
Colocamos a vida superior à morte.

Somos conservadores.

A morte é tudo,
A vida mínima porção de morte.

A vida é desvio momentâneo.

Será se estamos mesmo vivos?

VIOLONCELO

Nobre e sereno
Geme transformando dor em beleza
Sua principal característica é proporcionar
Aos pobres mortais,
Transformar suas paixões em prazer.

Sempre que as paixões nos arrasta a dor nos espera,
Apenas a musica
Faz das paixões algo prazeroso,
Arranca a beleza escondida dentro da dor.

E o gemido do violoncelo
Parece asas suaves sobre o abismo dos nossos desejos.

Geme, geme gênio da beleza
E toca
As cordas da nossa sensibilidade
Doendo, doendo,
Comovendo.

SOBRE O LIVRO
Tiragem: 1000
Formato: 16 x 23 cm
Mancha: 12 X 19 cm
Tipologia: Humanst521BT 10,5 / 14 / 18
Papel: Pólen 80 g (miolo)
Royal Supremo 250 g (capa)